我媽媽做小姐的時陣是文藝少女

謝凱特

獻給母親，與少年時的她。

獻給所有成為母親的妳／你。

目次

做母親

做人

〔推薦序〕

一千零一夜

楊佳嫻

愛情裡患得患失，會不會也有那麼一瞬這樣想像：寧願是對方的母親，姊妹，兄弟，無論怎樣怨懟難堪，總有些什麼割不斷，血與夢裡，身體面容的外廓或局部，關聯無法消除，無言即可印證。普通家庭裡長大的孩子，說話浮起尾腔，做菜或清理時順序非得如此，多半來自童年耳濡目染，塑形培力，長大後多少年都改不掉。

讀謝凱特第三部散文集《我媽媽做小姐的時陣是文藝少女》，總使我想起《我的蟻人父親》裡那個替兒子挽面的母親和就這樣仰面接受母親手藝的兒子，母與子親密起來，宛若最強的愛情。或者不見得多麼稀奇罷，然而，在寫作者筆下揀選出來若干事頭與畫面，聚焦，放大，探到內裡舉火讀壁畫也似詳加照看，那親密又黏稠了幾分。

母親讀張愛玲的文藝少女過往，母親未接力的左手，母親的小奸小壞，堅持或徒勞，兒子寫來如數家珍，撥開記憶夾鑷出細小珍珠，成色不均，形狀未果，但完全就屬於母親與兒子；至於自己曾經怎麼數落過母親，有意無意傷害過母親，自以為聰敏地辨讀出母親這樣那樣背後沉沉的心思，隔著寫作必然存在的距離審視著，恍然中提煉出來愛之真諦——沙有光，雲有根。

這年代照片貶值、信件失能，散文寫作者筆下究竟多少真實，也在文學獎與評論家的中介與指點下，顯得稀少可憐。《我的蟻人父親》卻附上了全家福正襟危坐照片，《我媽媽做小姐的時陣是文藝少女》一書則以母親親筆信領頭，多多少少帶點古典意味。對於「家」的省察，懷疑並重新估定親子關係，是近現代社會與價值重整下的反應，為家庭題材書寫撐開迴旋空間，謝凱特寫家人，放在這一脈絡下如是觀，好像只是一整支大軍中的一員，但我以為還有一點使得他的寫作別具意義，即添入性別視角。

遍布於各式文類——現代詩如鯨向海〈致你們的父親〉，「我和你有多少分相像？／你也是G的嗎？」，或郭強生《何不認真來悲傷》，於父親老病欲求乖張之中看見自身如何失落，或林佑軒〈女兒命〉中同樣在女性服裝中追尋隱我的跨性別父親與跨性別兒子——彷彿自成小傳統般，從《孽子》以降，自覺同且不同的兒子渴求得到父親的認可，從母親那裡想得到的則是柔情。從《我的蟻人父親》到《我媽媽做小姐的時陣是文藝少女》，儘管書名好像標示出差異，其實謝凱特寫得最入情的都是母親。母親柔情中有剛氣，也有痴執，這些傾斜處都比一般親情散文中無私奉獻、包天攬地的聖母者形象更動人。儘管謝凱特援用了「聖殤圖」（聖母扶抱著聖子），說的卻是母親和他帶回家裡的貓。

寫給謝凱特的信，最後問：「老是說這些無聊的事，你會聽膩嗎？」不會啊不會吧，老媽版一千零一夜，在兒子的寫作裡栩栩再生。

智武

你知道嗎？我有強烈求知的慾望，小時候錯過的想補回來，但終究是老了，記憶衰退，上一秒背過的英文單字，下一秒忘記。

有人說吃銀杏、核桃補腦，智力才不會減退，之於我卻毫無作用，勤於保養的我也無法逆齡，真怕有一天我會忘了我是誰。有時候覺得自己很愚蠢，總想起小時候的事，都已經事過境遷卻記得牢牢的。依稀記得小學四、五年級時，每天清晨要和姊姊到離家不遠處的湖邊洗全家的衣服，冬日裡湖水是冰冷的，瘦小的我臉上掛著兩條黃黃的鼻涕，那時總想著父母在世時茶來伸手飯來張口，理所當然的幸福和溫暖。

但孩童時期快樂的事也特別多，像是在田的中央挖個洞燃燒曬乾的稻草，烤自家種的地瓜，還有在田裡抓泥鰍，在後院偷鄰家種的土芭樂，被發現躲在床底下以為安全無虞，殊不知人家早就拿著棍子等你們這些屁孩爬出來，真笨真傻啊！老是說這些無聊的事，你會聽膩嗎？

祝 好

老媽

2020.3.18

智威：

你知道嗎？我有強烈求知的慾望，小時候錯過的想補回來，但終究是老了，記憶衰退，上一秒背過的英文單字，下一秒忘記。

有人說吃銀杏，核桃補腦，智力才不會減退，之於我卻毫無作用，勤於保養的我也無法逆齡，真怕有一天我會忘了我是誰。有時候覺得自己很愚蠢，總想起小時候的事，都已經事過境遷卻記得牢牢的。依稀記得小學四、五年級時，每天清晨要和姊姊到離家不遠處的湖邊洗全家的衣服，冬日裡湖水是冰冷的，瘦小的我臉上掛著兩條黃黃的鼻涕，那時總想著父母在世時茶來伸手飯來張口，理所當然的幸福和溫暖。

但孩童時期快樂的事也特別多，像是在田的中央挖個洞燃燒曬乾的稻草，烤自家種的地瓜，還有在田裡抓泥鰍，在後院偷鄰家種的土芭樂，被發現躲在床底下以為安全無虞，殊不知人家早就拿著棍子等你們這些屁孩爬出來，真笨真傻啊！

老是說這些無聊的事，你會聽膩嗎？

祝好

老媽

2020.3.18

那些理所當然的事

我一點也不了解母親這個人。

比方母親會用閩南語說自己以前是「做田人」，而不用國語自稱「務農的人」。說自己做小姐的時候讀很多詩詞，卻會訕訕地用國語念著我課本上那首〈憫農詩〉，羞赧地問我念得標不標準，並因此換來對其口音的恥笑時，不知道對誰抱歉似地說：我國語讀了無標準。

她不大說自己小時候的事情，怕被大兒子鄙夷：過去的事說了又沒有用，又不能賺錢。最怕是真的要說起，對記憶動土開挖，常是說到一半就有莫名堅硬的岩層擋在前方，陷入斷層的記憶，夫妻倆得共桌開會，探勘，商榷某區某路的相對地理位置，或是鄰人親友過世的先後順序。

在母親還不是母親時，她所經歷的，我多半只能在鄉土課本或電影裡看到那些景象：春天牛犁拖過的爛泥中跑出數斤泥鰍和鱔魚，捉去市集賣給魚販掙些零用；夏季

攝於一九八〇年代末，距今約三十年前，那時母親的娘家還沒被徵收，週週都會回去一趟。然而我一點印象也沒有，只記得人人都說我和她長得很像，戴上假髮就是了。

瓜果熟成，左右鄰人不言而喻的默契互相幫忙採收；秋收時除了稻埕曬穀，農會收完契作，就將曬乾成綑的稻草抽出稻芯，轉賣，製成掃帚或榻榻米，其餘的乾草變成平日大灶引火燒水的利器。最快樂的時候是將稻草堆積成塔，埋地瓜，烤熟，扒開瞬間冒出熱煙，小口咬嚙，蜂蝶般從大量粗纖維裡啜取少許存藏的糖分。那時的她未曾料得這樣貧窮的事，此刻已變成繳費體驗的生活態度。

我從未細想母親也曾是少女，曾是那個明明很愛上學念書卻為生活所囿，先是為了耕作農忙而草草自學校畢業，不做田後也不敢想著收拾書卷返校讀冊，一腳踏入工廠當女工，成了別人口中一輩子的藍領階級，就像被擺進櫥櫃裡比較不顯眼的那一層，成為雜物般的存在。

我從來都沒有見過母親的父母，幾乎忘了她也曾是誰的孩子。

母親身為女兒的時間非常短暫，短暫到每次問她：外公外婆是怎樣的人？她都只能用寥寥無幾的語詞，簡白地說個模糊的印象：他們對我很好，我很幸福、不愁吃穿。彷彿對她而言，父母的好是一種必然，概括且籠統。

本想窺見母親與她的父母之間是否也有所謂創傷裂痕，能使我從隙間側身而入，撥開時間於她內心沖積堆疊的岩層，用理論或方法演繹並推論母親之所以成為這樣的母親的原因，好讓我得以將母親這巨大的二字從神壇上推翻落地，逆轉她與我的位階，滿足我欲意以論述，疊床架屋地站在高處說自己已經長大，長大到可以回頭處理母親與我之間關係的階段。

本是如此帶有私心地探問的，卻只得到意料外的答案。

回憶像繞路，常常被落在無意間經過的最長路徑。向母親問到種田務農的情形，才想起她與父母親作夥吃割稻飯的畫面；問到上廁所一事，才想起茅坑外養了一隻顧豬寮的猴子，總要在她解手時不斷尖叫助陣；問到上學一事，才想起父母總為那少得可憐的學費，四處跟鄰人里長借錢的模樣。但說到底了，盡是些無傷無扞格的瑣碎畫面。我每每見她遲疑半晌，搜尋散落記憶，神情鬆弛呆滯到彷彿不在當下之時問她：難道就沒有傷心的事嗎？

想不起來了。她說。

母親小時候的故事總讓我想到〈木偶奇遇記〉。

小木偶皮諾丘被老木匠的巧手造出，學會走路、上學，不曾知覺世界處處是對純潔的心的誘惑，廉價勞工般地替馬戲團團長表演，獲得五枚金幣。想拿回家送給老木匠，卻被半途遇見的狐狸騙走積蓄，投資失利。被拉進不用工作上學、成天玩樂的樂園，不想卻化身成驢子，再度被賣到馬戲團裡工作，還摔斷了腿，團長便將皮諾丘商品般交易給他人，被榨取最後的利益。買家本想把變成驢子的皮諾丘丟進大海溺斃再剝皮做成鼓，然而海裡游來了大鯨魚，一個吞吃入腹，皮諾丘這才發現，創造它的老木匠，也在鯨魚肚子裡。

原來老木匠尋覓皮諾丘多日，揚帆出海，小船卻在一場暴風雨中翻覆，也被鯨魚吞吃，困在這消化道中足足兩年。本該溫馨團圓的場面，兩人卻是在這充滿消化道臭氣且陰暗的鯨魚肚子裡重逢。皮諾丘遇見老木匠時，老木匠還正吃著生魚果腹，布滿蒼紋的手抓不住滑溜的魚，魚群卻像是戲弄掠食者一般在鬍鬚與唇齒之間穿梭，從嘴角溜走。看見這般景象，皮諾丘哭笑不得。這般離家遠行的日子，鬱積在心裡有太多說不完的話語，見到老木匠此般滑稽的樣貌，字句只能哽在心頭。

皮諾丘上前抱住老木匠，只說：親愛的爸爸，我找到你了。

這是個關於沒有孩子的父親，以及一個尋找父親的孩子的故事。老木匠求子得子，小木偶化身成人，這是最簡單的願望。最困難的，是兩人各自站好自己的位子，確認關係後，如何在時間之流裡不被沖散、盡力向彼此趨近的漫長泅泳過程。

這是一個失敗的寫作計畫。

一回我問，如果重來一次，你還願意當母親嗎？

本來，我的預設答案會是「應該不會」、「我考慮看看」，或者，我總期待她會說出「別以為女人是生來當媽媽的」這樣拳拳到肉的回覆，好讓我傳抄下來，到處跟他人一邊闡揚理念，一邊炫耀：看，我媽就是這樣犀利睿智的人。她卻說，當然願意，當母親這個選擇，讓她很快樂。

這是一個選擇，是她的意願，不是誰的片面論述，不是什麼社會規範、必然的不得不。

我猜想得到，在時間的滾滾巨流中，被沖散的她與她的父母，為何僅存那些理所當然的好的片段。她的內心，也一定經過這樣漫長的泅泳過程，像是在陰暗潮濕又充滿髒汙的消化道裡，反覆排演、對話那小木偶與老木匠重逢的畫面。

然後她成為母親。

她不寫作，不說話，不說服誰，她只是試著把這個只能存在心裡的畫面，用血與肉描繪著，不帶一絲聲響，安靜地在妊娠的日夜裡，聽著腹中泅泳的生命向自己靠近。

這是她的選擇。

謝謝她的選擇。

做小姐

生日

總是被母親通知：你生日到了。

她說的是農曆的生日。

對使用陽曆習慣的人來說，農曆的時間總是像在飄蕩，不僅大小月的天數和陽曆不同，有時突如其來的閏月，像是本來排好的試算表不知道為什麼插入一列空白表格，被複製貼上的月分彷彿額外贈與的時間，但也沒有活得比較長。每每看著月曆上兩種曆法數字總是覺得有一種沒有對齊的不適感，恨不得兩種曆法的紀日方式一模一樣，但只要翻到春節過年的連五日紅字就打消這個念頭。

很後來才練就一種感知方式，辨認農曆的存在，像在沒有路燈的夜晚裡指認一隻黑貓，看見了眼珠反光和黑影瞬閃即過才知道那是一種暗號：若見商家燒金紙是初二十六，若是一般家庭或廟宇燒金紙就是初一十五。或是夜裡觀看月相判斷上中下旬。而元宵、中元、中秋，那些明明龐大到不能迴避的，就像錨定的標竿一般，在浮動的海上告知人們時間的絕對位置。但忙過頭時，還是會莫名撞上眼前的浮標，恍然得知一個重要日子的來臨。

以前期待別人知道自己的生日，後來多半是別人通知自己的生日到了。陽曆生日的通知多得像電子信箱裡的垃圾信，社群網路通知、電商折價券發放、品牌會員禮領取，此番親切貼心，如同一群面目模糊的人站在很遠的地方向著自己鞠躬，看不見表情。

你生日要到了，啥時陣返來？母親總是單刀直入送訊息來問著，看得見她一副明明無事卻又認真的神情。

每至此刻，即便我倆人在異地，都好像聞到滷豬腳筍絲和醃桃子的味道。

母親有三個生日，我一個也記不起來。

「大概是這個時間點吧。」每年到了十一月，自己突然就想起了這件事情：母親的生日快到了。但是到底是幾月幾日，自己從來不曾認真計較過這件事情。站在一格一格的月曆前，踩地雷般猜測到底哪一天是母親的生日，一顆地雷是陽曆，另一顆是農曆。總是要等到回老家的時候，父親冷不防一句，下週末是恁母生日，記得返來吃飯。農曆的生日地雷就在這裡炸開，我毫無準備。即使今年勉強記住日子，隔年地雷又會重新洗盤，不知道藏在哪一個區塊。更何況還有陽曆的生日，到底是哪一天呢？

生日是一個人的重要的日子，那一天屬於這個人。自己記得生日沒什麼意思，自己以外的誰記得倒是重要得多。我曾經遺忘一個情人的生日，急忙想起，在網路上隨意訂購禮物，打發這個日子時，恍然驚覺自己其實已經將對方放逐到世界的邊緣去了，於是只能帶著萬分歉意分手了。

只是想不起母親的生日，也不能跟母親分手吧。

印象中母親總是不跟誰透露她的生日，連我也不例外，畢竟生日對他們這一輩人而言是重要的資料，一組屬於自己的密碼，算生辰，合八字，請道士作法，下巫蠱之術，沒有這組密碼，等於沒有命運的鑰匙，進不去一個人的宇宙。中學時流行起星座命盤，人人都期待把自己歸類並推衍出一套自我的樣貌，我算完自己的不夠，算同學的，最後想一窺母親的命盤，問起她的生日卻被質疑了一頓。原來那時的長輩們都用生日當作重要金融機構的密碼，小孩莫名問起生辰，難免揣想自己養了敗家兒。只是後來一回母親不知在何處掉了金融卡，分行帳戶內的金額竟被提領一空，我想著連我都不知道母親的生日，到底誰會曉得提款密碼？她卻說：是她自己把密碼寫在卡片上的，因為呀，有時連她都記不得自己的生日了。

為此，母親改過一次密碼，幾年後金融機構為加強自動櫃員機臺的交易安全，提款密碼又從四碼變八碼，母親只得再改一次。那一組打開財寶的憑證早已經不是她的生日日期，而是一組扭曲變形的，沒有意義的代號。每每擔心母親是否健忘了，失智了，會把這組密碼給丟失在時間裡的某個角落，那被量化為數字的大半輩子心血會永世塵封在銀行主機裡。但迄今仍沒聽過她有周轉不靈的問題，她開玩笑說：痴呆前要做的幾件事情之一，就是反覆背誦銀行密碼，若有天聽見她莫名從嘴裡念出來一組十三不靠的數字，那就是了。

常常懷疑，人類可以記得起一串毫無意義的符號嗎？比方幼時背誦唐詩，記得雨紛紛的日子是清明，遍插茱萸是重陽，新桃換舊符是過年，一個字一個意義造就一片景色，助我度過無數默寫考試的不是我的記憶力，而是詩人的苦心造詣已經穿越時空，料得將來有一批學子將要以記憶他的作品一決高下。中學時總是要靠圖像才記得何以a＋b的平方會多出一個畸零地般的2ab，但我卻常寧願人與人之間最好都是自己的平方，正方形般圍困住自己。我更常羨慕那些不必任何意義就能背出圓周率小數點後十位的同學，每每問他們怎麼背得起來那些無意義的數字，他們總會說：就像背電話號碼一樣，號碼本身當然沒意義，只是要一直想著「那是某某人的電話」，就背得起來了。

賦予意義，是人類的特權，是貪慾。也是讓花朵結成果實的，薄涼人世的幸福之一。很後來的後來與伴侶長時間共同生活，才懂得人與我的相乘會是怎樣一塊未曾預想過的領地。然而母親大概是那種站在與他人共有的海埔新生地上種菜，卻忘記了自我平方的丘陵上有什麼植被的人吧。不愛慶祝自己生日的她，大日子不再喧囂，月曆上的空格始終是空格，失了顏色，沒了意義。

我不知道母親那組最新的密碼會是什麼，只是，再不會是她的生日了吧。

母親的第三個生日是身分證上的，在五月，與我的生日相近。

很多年前的窮苦人家因為害怕孩子養不活，疾病、營養缺乏、陌生人偷抱小孩，種種現在難以想像的狀況都可能在當時發生，若不幸孩子報戶口後幾日便過世，謄本上就多了一個亡歿紀錄，看起來多不吉祥。所以當時人們常常延遲新生兒報戶口的時間，有的延了三個月，有的半年，還有的拖了一整年。直到覺得狀況穩定才會抱到公所登記。那個當下，在這個島上，這個人才真正開始活著。

從出生到入籍，一段時間憑空消失。家長們巍巍顫顫地抱著嬰孩，不知道明天如何，人命真切如草芥，如芻狗，如遺棄於路邊紙箱裡的貓囝，沒有什麼是理所當然，活著也是。又如哲學問題常出現的：若森林裡一棵樹倒下而沒有人聽見，它到底有沒有發出聲音？一個嬰孩若在一段不被承認的空白時間裡死去，他是否算是曾經活著？

然而，父親與舅舅阿姨們，總是會記得母親原本的生日。原來如此。

母親的出生年推遲到次年，晚了一年面對三十或六十大關，聽在我這輩人耳裡好像是值得開心的事情，但其實我不僅連她的生日都記不得，連出生年次和生肖我都記不起來。十一月的某天又是被父親通知：恁母六十歲了，記得返來吃飯。我才恍然察覺，雖然老得很慢，也知道母親正在老，只是總被現代人當成祕密的年齡也隱藏得太好。那則既不希望你猜對，又希望你知悉的謎底，總是考驗人的演技：面對其他人，我總是浮誇地演出大吃一驚的表情，博君一笑，皆大歡喜；然而面對母親，演不出那種驚喜，只有自己心底一點點苦澀，難以與誰明說。

很多年之後，母親自己生下了一個五月的孩子。

春末夏初，那是桃子盛產的季節。母親總是不好意思又時間準確地探問：汝生日欲到啊，什麼時陣返來？她記憶我的生日，其時間之精確，想來，那天必定麻煩她許多。

母親在遙遠的彼端滷起筍絲豬腳、醃起酸甜帶澀的脆桃。

春末夏初，我月曆上的一些格子，突然開始有了味道和顏色。

做小姐

這是一個特殊的詞彙，大半時候它以閩南語發音，少數時候以國語發音，你聽到它的時候，常常是女性長輩手扠著腰，昂起首，擺出強勢姿勢地說出這個時間副詞。

「我做小姐的時陣喔……」

幼時聽到這三個字，總是疑惑，你找不到對應的詞表示男性年輕的時候，沒有哪個小叔阿伯舅舅會說自己「做先生」的時陣。逢年過節冗長的餐桌談話，男性長輩大話當年勇，不必過多起手式，遂順理成章地帶球切進禁區：蹺課的事、當兵的事、追女朋友的事、浪流連時一天抽幾包菸打幾次架等等等信手拈來就像昨天才發生的，荒唐了半輩子，總是覺得坐在眼前的他此刻才是下半輩子的第一天。有時你聽得興味盎然，後來你聽得耳朵長繭，卻也只敢在呼吸的瞬間偷偷打個無聊的哈欠。

幼時你聽到這三個字，總以為這是她拿來堪提當年勇的發語詞，如果辦個做小姐排行榜，前三名大概是：我做小姐的時陣生得多水、我做小姐的時陣身材多好，所以，我做小姐的時陣足多人咧「ㄆㄚ」，讀做啪，寫做奅，難道這個意思是說眼前的她很多人追求囉?你人生中第一次體認到符號的能指與所指產生斷裂大半就在這個時刻，她理直氣壯地說再多逝去的時間，聽在你耳裡多半都只有名實不符地訕笑：怎麼可能?誰會相信?證據在哪裡?那個什麼叔曾經在窗臺邊丟石子彈吉他唱情歌，那個包水餃的什麼伯曾經提了大包小包禮物來講親事，那個留著及肩長髮有某地黑貓第一姊美名的，二三十年過去，站在眼前的不過就是你日日出門入門都懶得多瞥一眼的她。

你的母親。

其實後來你也不能理解，每每母親都特意要說做小姐的時陣如何美豔動人，有時真想還原那景象，那言之鑿鑿的好像她的人生唯有那麼一天清晰可見，卻被時間的手指抹糊了的畫面。但此時此刻過母親節或母親生日想送她保養品面膜護手霜，總是被她非常不好意思地責備了一番：人都老了，擦／食／用這個攏毋效啊啦。你分不清楚她複雜的神情和語氣到底是拒絕還是接受?難過還是開心?彷彿她的人生在婚前就已經過完，此刻她感謝的只是你的心意而非禮品的功效——她的臉、她的手、她的髮、她的皮膚、心肝胃脾腎、子宮和卵巢，都不是她的，擦再多保養品、吃再多維他命，之於她，都是苟延殘喘的續命丹，不是真有裨益的奇蹟霜。

最後你還是沒有理解，等你長大之後，母親說出做小姐這三個字，本以為後話有三萬多字卻不知怎麼都省略了。

「我做小姐的時陣……」

再過一些時日，你漸也不聽她談起以前的種種事情，每回你倆意見相左大吵一架，為的恐只是出門報備與否、品評交往對象，或只是東西被隨意亂動，諸如此種事蹟，你與她，看到的都僅僅是湖面顯影的一條錦鯉或一個垃圾，卻不知道那被時間的湖水折射的底部有多深，想伸手去打撈，卻總是陷進積累的泥層裡難以抽身而在情緒裡溺水。她每每怒視著你眼裡卻又不明所以地掛滿眼淚，你隱約聽得見她即將出口的那一句（我做小姐的時候……）卻被嚥了下去，轉身，背影只剩下欲說還休的一片秋風落葉。

你總是不理解的事情，它只是一個時間片語。

直到自己有了伴，有了齟齬，難以吞忍又不想毀滅這樣的關係，負氣出走，遠行，最遠最遠就是住處附近公園的長凳上生氣，難過，發呆，放空，最後尷尬走回住處，見了當作沒見到的在屋子裡的航線航行，互不擦撞，做飯，吃飯，洗碗，洗澡，發現自己與對方的種種事務被切割得稜線分明，這裡是你的領域，那裡是他的排程，像舊款機械式的鎖與鑰匙，你們各自邊界清楚，銳利的齒槽互咬卻緊密嵌合並發揮良好作用，鎖起一個稱之為家的空間時，你的心，卻也有些時光，永遠被禁錮在一個不為人知的房間裡。

我做小姐的時陣……

恍然間你才意識到，你也有那些做小姐的時陣，懷念那個身體如時光之弦的極端，到處都是趨近於無限大的極值，身體、線條、肌膚、記憶力、用不完的快樂與悲傷、可以用來揮霍而不知其名為青春之物，沒有了。那個可以熬夜吃泡麵，隔日補一頓眠一頓餐光彩就回來的時刻，沒有了，現在只要掛心一事，失眠一夜，人就彷彿老去好幾十歲。那個行事曆上總有代辦事項，約會，旅行的計畫，還會在第一頁寫上年度計畫、願望的你，沒有了，總是在每一天的購物、家事、代繳費用、掛號郵件，把追逐夢想的精力放在計較日常生活用品、吃食、花費的一塊兩塊折扣上盤算。有時你簡直想不起來自己從哪個學校哪個科系畢業，最擅長的是幾何證明題、邏輯推理、現代文學閱讀測驗、以及根據中地理論判斷市場區位以及適切的產業類型，只是被手機行事曆上的瑣事不停通知處理，再通知再處理，像手忙腳亂的傀儡師，每一隻指頭都綁著一個一個電器、一隻貓、一個盆栽、一個工作陽臺及窗子拚命拉扯著你。有時你多想跟在身旁打呼的他說你做小姐的時陣有很多人追，儘管未必真的有很多人追，但至少還是有一些人追，過去那些拚命想了解你的人以手為枕躺在你身旁，在你耳邊悄言未來的樣貌，幾歲結婚，幾歲買房，幾歲退休，幾歲環遊世界，用未來偷渡的其實都只是造夢的當下。即便如此，你還可以拒絕，還可以肆無忌憚地轉身就走，拒絕他人如同拒絕一份工作，如同隨時遞交辭呈正大光明地走出公司大門也毫不擔憂。

是的，那時的你，是自由的，一個人。

不是昨是今非。

不是為了在誰心中，張牙舞爪地刷存在感，或是勒索一點點的注目。

她常常不明白為什麼總要稱頌母親偉大，總是訕訕地躲開任何褒獎和稱讚的她未必想當個偉大的人。她想的事情很小，小到沒有人察覺，就連這個家裡的其他成員都佯裝不自覺地忽視。

「想念做小姐的時陣，只是想念那個自由自在，沒煩沒惱的日子。」她是這樣說的。

那是個不允許被表述，卻存在的心境。

一段被隱形的時間。

我媽媽做小姐的時陣是文藝少女

我的母親很久以前是文藝少女，這是我很後來才知道的事情。

近日母親拿出一本寫滿英文字母，錯落拼成單字的記事本，問著：Angel 怎麼念？Angle 又怎麼念？為什麼接續字母對調，字母的念法就不同？還有哪個字母也像它一樣變來變去？

母親問得很不好意思，唯恐麻煩陌生人般微小謹慎卻仔仔細細。記事本上還有 Android、Address 等字，兩人果不其然像教學錄音帶般反覆讀誦，區別 g 和 dr 相近又相異的發音，像區別這對母子這縱然相像卻也分歧的個體。

習得新的字是什麼感覺？一個字是怎麼被筆畫搭建起來的？當生之氣息吹過字的空隙，呼之欲出的是什麼聲音？它是一幅具體事物的素描？還是乘載概念的精巧符號？那個一打開課本，生字詞就像擺放整齊的鑰匙，一把鑰匙通往一個世界的年紀，已經，離我非常遙遠了。但母親的時間彷彿掉頭而走，撥開散亂家務中的塵埃，拾掇起曾經擁有又散落的字詞。

這些問題，似乎以前就問過了。

這一次，她又從英文字典的A字首開始揀拾了。

母親常稱羨父親高中畢業，自卑地說自己只有小學學力，無捌字，無智識。聽人在學英文，就把兒子送進英語補習班；親戚孩子都念普通高中，便否決兒子追隨板模工父親腳步念高職的室內設計科的決定；看新聞恐嚇大學學歷已經不夠，本是大學畢業即不再供應兒子生活所需，卻又掏出私傢錢送兒子念研究所——她是如何在眾多是非難辨的資訊之中辨析，對著一知半解的說法點頭稱是，尷尬地掏錢替種種名目買單。坐在一旁的我，靜靜看著一疊鈔票自她懷裡交出，暗自氣惱那些都是話術，是拐騙，收走了錢，將我的義務教育從九年延長成十九年。

而我未曾料到那是一場時間的等價交換。

以為母親書讀得少，我視為常識的，對她卻是珍寶，常常拿來反覆擦拭般詢問。

但總有怎麼教都不會的發音，怎麼解釋都聽不懂的事。情緒像舞蹈，很看對手反應，至終若不是我放棄治療，她訕訕笑說啊就學不會，閃身回廚房洗碗抹地；若我發起脾氣來，她也忿忿搬出「提錢乎你讀冊，毋是乎你看父母無啦」的經典臺詞，用憤怒掩蓋失落，轉身回臥室攬鏡抹開架保養品。要是再年輕個幾歲就好，要是，保養品也能讓大腦逆齡。

一回，她指著我書架上那排花布書封的張愛玲說：我做小姐的時陣都看這些書。恍然間腳下湧起浪潮，有些時間之流，我從未涉足。

務農母親自幼生活重心不是上學，而是莊稼事。只是農衰工興，扶犁種地太苦，做代工拿薪水總是比較舒服。與姊妹走上幾小時的路，見到廠房就敲門問有沒有缺工，被拒絕的隔天參看農民曆財位指引，往沒去過的方向走。缺女工嗎？缺，約定薪水休日，當天上班，沒有二話。

沒有人力銀行和地圖街景，任何事情都無法預先觀看，在腦海演練。硬闖的職涯，母親不知道生產線作業員也需要識得幾個字，無妨，看不懂耗材中英標示就問人，如何認字，哪裡買字典，書局在何處。二八年華，新事物如繁花一路綻開，一個路名，一則頭條，一張廣告宣傳單，就連廟宇牌匾都是一次地理大發現。她更在午休時借主管的訂報來讀，遇不識的字就查字典，在作廢報表背面習寫。主管見她字美，讓她成了祕書，負責抄寫文件，辦公室的書籍自由翻看。她行有餘裕還添購《唐詩三百首》背誦，至今仍能脫口幾句〈將進酒〉：天生我材必有用，絮絮叨叨成了座右銘。

許多遠古神話不直指太陽即是太陽神，人們會說：在清晨見證太陽升起，驅走黑暗，照亮大地的瞬間，經驗當下，才是神的存在。

若文字有神，母親必然是經驗了見字認字的歷程，親見文字的神了。

當年工廠女工們若非高中畢業，就是大專在職。起初母親自覺目不識丁，不敢攀談，後來認了字，有了自信，交了朋友，還加入書籍團購。說是團購，比較像集資，女工幾人合資買小說傳看，瓊瑤到嚴沁，三毛到張曼娟，未曾料得現在文青書架上都見蹤跡的張愛玲，母親當時就讀過了舊版本《張愛玲短篇小說集》。憧憬愛情而閱讀愛情，窺見愛情種種面貌後寫信寄到文學雜誌交筆友，幾度往返，老派交往的偏執便是等待時間考驗熱情的大限，一如此時我與現任伴侶相識的方式，原來如此。

但我說，媽，這些事你為什麼都沒提起過？

後來就跟恁老爸作夥了啊。

婚前母親消滅當年魚雁往返證據，婚後與心儀男星比肩合照，相片沖洗出來後就沿著他與她袖子貼合處撕開相紙，藏於喜餅鐵盒中不願示人，深怕父親是個吃醋的妒夫。後來她也清空了書櫃，合購的小說雜誌轉贈他人。而後鄰近社區的圖書館開張，興沖沖帶我辦了橄欖綠的借書證，丟包我在兒童閱覽室，逕自去文學區找那些熟悉的名字，重溫文藝少女的夢。但工作日漸繁忙，釘排線盯得老眼昏花，無力再捕捉蠅般的文字。第四臺興起時一邊看電視版《青青河邊草》、《負君千行淚》，一邊摺衣服，這麼一來，書，漸也不看了，家中僅剩爹爹醫學科普書。她仍查字典仍抄寫，只是漂亮的字寫就了人體器官和病症名稱，以及五行蔬果食療法。

媽，再後來呢？

後來母親大病一場，無力工作，地方媽媽二度就業，轉職成為小額投資操盤聖手（別稱：散戶），研讀商業書，看股市行情，再度執筆是畫K線圖分析走勢。字典仍查：斷頭、利多、內線交易。有段時間母親頻頻蹙眉憂心，只緣本是明牌的都被套牢。彼時網路書店興起，我入中文系就讀，頻向母親大量討錢添購文學書，只管滿足自己文藝癖，卻輕藐著錢來錢去的母親總愛盯著電視裡紅紅綠綠的線圖看，隨口一問：套牢是什麼意思。

母親說，就是拿錢填別人的坑了。

我之於母親，是否也是套牢般的存在？

熬過大學研究所，夫妻退休，借閱證從橄欖綠護貝卡變成手機條碼，紙本字典也進化成網路字典。退伍後我房裡原本的老書櫃消失了，父親用舊衣櫃釘成新書櫃置於床邊，母親如我曾從事的書店編輯般按作者序列排列書籍，思考陳設。我不在房裡時，她坐於床緣兩眼放空。思念無益，就隨手取書翻看這些年來以她的生命當墨水印製成的印刷品，數年間早已讀遍架上文字。一日她指指那一套張愛玲，回憶般隨口說：我做小姐的時陣，就看過她的書了。不僅如此，書架上那些作家不僅只是文學史上的標籤，卻也都是她生活裡某個共時的名字。

我生命中有許多事物，是自母親繼承而來的，長相是，口味是，血液裡的墨水也是。如同字母孳乳繁衍，組合成萬千文字。

但那撇捺橫豎組成的文字，隨時間過去，越來越難記住了。我總擔心文藝少女成為母親三十餘年後，怎地越發失憶健忘，不是眼鏡就在鼻梁前卻遍尋不著的傻忘，而是打一把新鑰匙甫出門就不知落在何處的遺忘。

明代《笑贊》裡一則笑話：某人學語，卻忘在河中，涉水來尋，怕話被河水沖走。船家問所遺何物，他說：他忘了一句話。船家說：話也會忘，豈有此理。

他怒回：你撿到為何不早說。

他忘了的那句就是：豈有此理。

是啊，話也會忘，豈有此理？

但我也不想母親忘了任何一句話。

她自字典裡將忘了的字揀回，佐證那些閱讀過的時光。這回重新拿起英漢字典，很多年前看過但這次又翻開A字母讀著，幸虧沒有看到Abandon就宣告放棄。拾掇是不能停歇的，為避免時間模糊了字，漫漶了記憶。

我敬慕所有用字如見神的文字使用者，但卻鮮少承認自己也敬慕母親如隱世不出的文字忠實讀者。

我的媽媽做小姐的時候是文藝少女，至今亦然，她總是捧著字，細讀著，轉過身來卻問我這次回家想吃什麼的，文藝少女。

重巡

小時候因為胖，我的眼睛在臉上看起來很小，像是在氣球上用黑色簽字筆畫上兩隻對望的蝌蚪。

母親說：你的眼睛沒有「重巡」（tîng-sûn），眼睛要重巡，才會大，才好看。

閩南語裡要指稱線條、痕跡，都說「巡」：皺紋是一巡一巡的，眉毛是一巡一巡的；器物裂開一道痕跡，稱之為「必巡」，一首閩南語歌唱著「必巡的空喙是永遠抹袂平」，綻裂的傷口也可以稱必巡，只是聽起來像是永遠不會復原似的。

我的眼睛彷彿就是臉上出現兩道小小的「巡」，開了兩小道開口，才可以看東西，知美醜，煩惱始生。

但母親說我眼睛沒有重巡，沒有兩道線條，就是沒有雙眼皮的意思。

閩南語裡有描述雙眼皮的，卻好像沒有一個表述單眼皮的專門詞彙，彷彿這群人們之中沒有誰是單眼皮的，所以無需指認、命名。還是說，單眼皮以及其擁有者就會自動被群體忽視呢？

一日，母親自家庭代工焊錫線的煙霧中停止動作，望著我的臉，赫然發現什麼地說：奇怪，咱全家攏重巡，只有汝是「單眼皮」呢。她說到「單眼皮」時，彷彿意識到不太對勁的什麼，一個停頓，跳過一道溝渠般猶豫了一下，才把這三個字自動轉為國語。

感覺像是在心裡扯開一道痕跡。

還是我們之間扯開了一道裂痕？

母親像個什麼眼皮專科醫生般用手指翻開、拉扯，確認了，你內雙啦，好似澄清我還是她的孩子般說著這句寬慰的話語，讓我獲得一個遺傳基因的認證。其實事實上就是這樣，現在想想也沒什麼好否認的，眼皮脂肪太多，雙眼皮線被壓得扎實，根本消失似的，如果不稍微掰開，這條痕跡恐永不見天日，我們之間關係的線索也被埋覆在這皮相底下。

不知道是不是我的臉上顯露失望的神情，還是母親自覺無心言語傷害到孩子，隔天早晨她在鏡前梳畫時喚我過去，拿出一張透明塑膠貼布，上頭隱約可見左右對稱的裁切線，類似展翅海鷗的形狀，用小夾子夾起單邊的海鷗翅膀，替我貼在眼眶邊緣與雙眼皮線之間。我輕輕按壓揉眼，照照鏡子，頓時浮腫的眼皮被撐出裡外兩層空間，視線裡外都嬌媚了起來。

我可從來沒有見過自己眼睛這麼大的樣子。

毋通乎恁爸爸知影喔！

這瞬間讓眼睛天日重見的塑膠貼叫做「貼重巡ㄟ」，貼雙眼皮的，後出的動詞加名詞複合詞彙，現代的發明。母親以前做小姐時都貼這個，天天貼，不夠明顯的雙眼皮貼久了也撐出一片天地，要我也試試看。

母親的化妝匣裡有許多神奇的東西，父親不曾探究，哥哥當然也不曾見得，只有我總是參與其中，得知一些母親從做小姐迄今以來的祕密。像是一罐要價不菲的專櫃潔顏慕斯，不對稱地搭上一罐便宜得無以復加的雪芙蘭化妝水，無疑是私房錢與家庭公基金之間的平衡折算；一盒又一盒有生命期限的粉餅，對應著總是被洗乾淨後放上電鍋烤乾，生命被無限延長的粉撲；甚或一盒廉價的眉粉刷，加上一枝比我的文具還便宜的拆線紙捲眉筆，練就如何在窮人家的臉裡畫出巧笑倩兮的螓首蛾眉技術；當然，一只精挑細選的口紅是必須的，那可是替整張素淨的臉標示出魅力星系裡的恆星的無二工具。

這些小法寶像是複製了一份，先後出現在我的生活裡，最早是國中開始使用基礎清潔保養，過幾年後是眉粉與眉筆，再過幾年出現修飾膚色功能的防曬乳，近年則因為嘴角總是乾裂起屑於是增購潤色效果的護唇膏乙只，零零總總小物放進喜餅鐵盒裡，最後用菜市場五金雜貨店購得的古老圓型化妝鏡覆蓋其上，遠遠只會瞥到鏡子後頭大紅色塑料背板上貼著的龍鳳呈祥圖或楊林狄鶯林青霞等明星照片（後來才知道原來此是作為「使用者化妝參考.jpg」之用），一般人見了，還以為是哪個長輩閨房裡沿用多年擦脂抹粉的胭脂盒，原就是母親化妝盒的分裂生殖。當時不知道，誰也沒預測到的十數年後，大半男性開始流行起漂眉與遮瑕，面膜、髮蠟、保濕凝霜、防曬乳液等美妝小物，消耗得可不比女性少。我只是純然地將母親審美觀挪做己用，好好洗臉，好好拍化妝水，出門前將稀疏的眉尾補上，不再多做什麼，儘管母親總是力荐那神奇的雙眼皮貼，但在我漫長的裝扮史裡，也只是出現過短短的時間罷了。

不是不希望自己也有像家人一樣的雙眼皮，而是每次使用雙眼皮貼，在自己房裡沒感覺，一走出門外就覺得所有人的視線都盯著自己看，迎面而來，錯身而過的，莫名擔心起來，不敢抬頭示人。

擔心什麼呢？

將眼皮切成兩塊，功能比隔間牆還有存在感的雙眼皮貼，太容易被人看見了。我擔心身上附加的符號被他人發現，就會成為獵物。獵物有兩種，一種是校園裡被追求獵取的對象，另一種，是校園裡被追逐獵殺的對象。但無論是獵取或獵殺，對獵人而言，都是被攫捕的那一個。

我不能被發現，但也想擁有那好看的痕跡，一巡美麗的實線。

總是有別種方法吧？我捨棄了雙眼皮貼，依循原理，在眼皮與眼緣之間找出那條基因畫出的線條，試圖加深它，複沓它，讓它長出與母親一樣的雙眼皮。比方用尖銳的物品刻畫，或是用茶包袋敷眼讓眼睛消腫，甚至也想過直接用針線在眼尾自己縫雙眼皮，但這些石器時代般的方法不是太過危險，就是徒勞無功，還敷出了色素沉澱的黑眼圈。

對此番執著的我，母親再也看不下去了啊，直截問我要不要乾脆去割，只消一個月就恢復自然。再不然就是去縫，用縫線取代雙眼皮貼，撐出美麗的空間。你看像那誰誰明星就是去縫的啊，縫的比較快也比較便宜啦，但就是很顯眼這樣。

「欸我做小姐的時陣多想欲割啊！」母親再度強調，她錢都存好了，就是沒機會，生孩子後坐的不是月子，而是做家庭代工貼補家用，哪有時間割？騎車去工廠交貨取貨，被人看到兩隻眼睛腫得如菜市場裡剛被燙熟的麵輪豈不被人閒話：唉唷，那個誰誰誰眼睛是做的啦。

縫的割的誰看不出來啊？那個某某姨某某嬸不都是做的嗎。想變漂亮還怕被說話，分明牽拖厝邊。

好啊那我就把錢給你，你就去割啊。

我與母親的討論總是這樣拌嘴收場，沒有一個問題可以切入核心解決，越是親近的人越是如此，所有意見相左的事件只會淪為情緒的爭端，因為實際上，我們根本干涉不了對方的意志半分。儘管再明白母親的心思，知道她在這條追求外表美麗悅己的道路上走了多久，荒草也走出小徑的如今，希望把這一巡畫好的路線讓我繼續走下去。但，我心裡有再多期望也不敢奢求什麼，因為，無論是縫或是割，都太顯眼了。

父親會怎麼想呢。

親戚會怎麼想呢。

學校裡，會開別人外表玩笑的同學會怎麼想呢。

想到這步，我寧願放棄這條與母親連繫的線索，將此路徑用炭土泥沙埋平，成為眾多複製般的臉孔之一。

一日，我意外發現抽屜裡那毫不起眼，平日替代膠水，替我黏貼一週大事剪報的雙面膠的特殊功用：只要拉出一小段，剪出約兩公分的細條，貼在清潔乾淨的雙眼皮線上，一壓，我就有了自然的重巡。這樣的雙眼皮貼再方便不過，耗材便宜，製作迅速。唯一缺點就是黏性會隨時間慢慢消退，導致眼角露出一小截雙面膠，此時只要趕快揉揉眼睛，裝作沒事一般，雙面膠就會被搓成一小顆眼屎，毫不留神就被處理掉了。

一回在親戚聚餐的節日裡，出門前，我照舊在眼睛貼上雙眼皮膠，卻因為時間久了失去黏性，彷彿被同桌吃飯的親戚發現，眼角露出了我與他人相異的痕跡，還是母親事後告訴我才知道：某某嬸好像看到了耶。

我不做反應，嗯的一聲應付過去。

母親見我如此漠然，也沒多說什麼，好像心知肚明著，我走了一條虛線般隱藏的道路。

這條路走了很久，在這幾年之間，無論是潤色修飾的防曬粉底液，或是強調自然的深棕色眉筆，我熟練地搽在臉上，輕描淡寫，毫無鑿痕，此時心裡卻只有矛盾：到底我是想被看到？還是不想被看到？

裝扮這件事情本就是視覺的，電視裡彩妝老師一句話讓人無法反駁：裸妝、自然妝、素顏妝，沒有什麼妝畫了等於沒畫，凡是妝，就是為了看與被看。

即便是為了自己，也是一種看。確認鏡中的自己才是自己的向內照看。

可能是雙面膠貼久了，或是瘦下來了，當我早已懶得繼續追求雙眼皮這個象徵符號，時代裡的人們卻能比以往更自由地觸及美麗，廣告、看板、網頁邊欄，再再強調各種看與被看的可能性：女性素淨的美，男性裝扮的美，不分性別的流動美。此刻，我的雙眼皮忽而在眼角出現，不再用著隱諱的內雙形式暗中矜持那條自我的界線，而是直接在眼睫之間就看得出線條的分歧。我拉著母親說：汝看，遮是汝的重巡。

母親追尋美麗的所有時間，我都走過了，重巡了。
此刻那一巡隱微的路，終於從幽暗之處走了出來。

白帶魚

冷凍櫃一打開，撲面霧氣裡，看見一大包塑膠袋包著不知何物。從提把掛耳打結處的縫隙一瞥，銀白扁平的外皮，背脊帶著短鰭，輪切成目狀的魚已經凍成了塊。肉與肉的交界處，隱隱覺知，彷彿看到寄生蟲的身影。

又是白帶魚，又是舅舅。

舅舅拿來的魚是這樣的，有時是便宜的黑毛臭肚，有時是昂貴的赤鯮和嘉鱲，最常看到的就是便宜到無以復加的白帶魚，時常，從異地大學宿舍返家，或是移居他鄉後拎著大小包行李和禮物，搭過長長的車，一進老家家門打開冰箱要存放各地攜回的名產時就看到了。包裝白帶魚的塑膠袋看似都不知從何處尋撿而來，彷彿可見釣魚人揹著冰桶和釣竿，在飄泊間擦出傷痕和破損，一整包海鮮坐去冰箱大半位置之後，原本的食材就得在夾縫中生存，塞滿邊邊角角的畸零地，便騰挪不出任何空間安放我與我的東西了。

每每打開冰箱看見塑膠袋包的白帶魚，不免都有些鳩占鵲巢之感。

又來了。

冰箱是個翻了大白話的隱喻，一個魔術箱子，冰藏時間，用以延緩或遺忘。

聽老一輩人說冰箱根本是上個世紀最神奇的發明，沒有電冰箱的年代去製冰廠買來冰塊替冰箱降溫。電冰箱出現後，人們把所有不想腐壞的東西全都塞進冰箱，食物、特產、隔夜飯菜，盜賊猖獗橫行公寓華廈的年代亦曾聽聞長輩把私房錢和戒指項鍊等放進冷凍庫，欲蓋彌彰地與貢丸鮭魚送作堆，結果偷兒不曾見，年長善忘的自己也想不起曾有這筆錢，只是讓自家人起疑竇到底什麼食物貌似長方形磚頭。現在，我這輩人用冰箱是用於遺忘，常是多買了什麼拿了什麼塞進冰箱就忘了，只等著掃除時一個個清出、一次次懺悔：吃進去的是熱量，冰起來的是薪水。而母親是用冰箱存放親友間往返的情意，退休後的他們自有一套招呼問候的方式，比方親戚送來十元麵包一大落，塞進冰箱等宵夜用電鍋乾烤來吃；比方父親友人在中秋後送來盛產而供需失衡滯銷的白柚數顆，吃不完就塞進冰箱除臭用；或是不知歲次的年菜，陳年炸排骨，炸鵪鶉蛋，炸芋頭，剩餘的佛跳牆食材自市場工作的阿姨手中炸好送來，一包包裝裹好，隔壁就擠著舅舅送來的帶魚。那可有可無的白帶魚，放在冰箱或油鍋或餐桌都是差不多的，但母親就是會在打開冰箱那一瞬想著是自己弟弟送來的魚貨，白帶魚彷彿成了一個符號，藏著她唯一認定的指涉。

過年不吃白帶魚是有理由的，拜拜的三牲都要見全體，雞要全雞，五花肉要帶皮，魚要見頭尾，然而一條少說兩個步長的白帶魚既無法整尾塞進鍋子煎，而且廉價如它要擺上供桌酬謝神明，未免，也太失禮了。

於是過年餐桌上總是五百一千元大鈔換一條的白鯧，吃到第三天白鯧還在桌上，舅舅年前騎車快馬送來的帶魚注定只能放在冷凍庫裡好一段時日了。

初二舅舅來家裡拜年，小孩子如我和哥哥當年一人發兩百元紅包，直到我都變成大學生了，這紅包公定價也不曾隨通貨膨脹增額半分。毫無期待的我一早被電鈴聲吵醒，起床見著舅舅也不問紅包了，一邊揉眼摳鼻，一邊打招呼，阿舅，汝奈這早，新年恭喜喔。

恭喜恭喜，來，紅包乎汝。

多謝阿舅。

我拿走紅包，隨手丟在書桌上，穿著睡衣到浴室盥洗，梳洗罷陪舅舅玩十三支，打臺灣麻將。閩南語之中但凡玩賭具桌遊有輸贏的不念「耍」（sńg），念「弈」（ī），弈牌仔、弈麻雀粒仔，每每我們念成「耍麻雀」都被舅舅糾正，是弈，弈啦，國語不是讀作「博弈」嗎？憨喔！怎麼這麼點道理都不會觸類旁通？

不管是耍還是弈，在舅舅嘴裡、手裡都是多麼容易的事情，我等賭博世家卻怎樣都弈不贏舅舅，剛到手的兩百紅包歸零，還倒輸兩百回去。只見他好開心收錢笑咧了嘴，收走兩百元彷彿收走兩百萬鉅額的那時，當下，他才不是舅舅，是母親的么弟。

舅舅的小時候，就是這樣的孩子了。

多年前母親偕姊妹牽耘田的牛吃牧草，未足學齡的么弟舅舅爬上牛背表演牛仔馴牛，逗樂了左右鄰人，比牛還野的個性從來沒變過。年長幾歲的兄姊們已經從中學畢業，還在就學的則由母親帶弟妹去上課，一回新學期才開始，母親一手抓著好不容易湊足的零錢紙鈔學費，一手拉著舅舅出門。孰料走到半路舅舅便一屁股坐在地上哭呶不休，表達拒學之意。面對頑石般踞坐於地的舅舅，母親拖也不是，拉也不成，眼見早自習就要錯過，書包裡還留著一堆未完成的作業，一氣之下就把學費撒氣般全部丟掉，零錢就這樣匡啷匡啷掉進臭水溝裡。錢啊錢，這是賣多少稻子瓜果才有的錢呢？姊妹們急忙取來竹片木枝，摺起褲管就踩進溝裡打撈。眼見如此，舅舅態度稍稍軟化，不甘不願地一路讀完高中。

倒也不是錢的緣故，是姊姊。他們的父母走得早，早到我從來沒見過外公外婆一面，於是兄弟姊妹就成為彼此最後的依靠。我從來都不懂得什麼叫做手足一詞的，在他們心裡卻比什麼都還清楚不過。總是共鍋共灶吃飯的母親、阿姨們與舅舅，一定不能理解我和哥哥怎麼總是要吵餐點玩具一定要一人一份「自己的」。

手足手足，於我和哥哥是打鬧爭奪，於母親舅舅，是扶持並行。

舅舅高中畢業不再升學，服兵役後到公司上班，結婚，婚後不改愛玩的個性，魚照釣，酒照喝。一次他貪杯後騎車摔了車，母親急急忙忙帶我去探病，見舅舅平日到處迫迌，如今躺在病床上雙腳被紗布繃帶綁得動彈不得。母親拉著小學的我向前，遮阿舅啦，叫阿舅。

見舅舅笑著說阿威汝來啊喔！明明氣力全無卻還能打諢說笑，但他倒不是笑我，是笑我背後母親一把鼻涕一把淚。母親總勸舅舅戒菸戒酒，此刻病床旁的她分不清是傷心還是動怒，一邊責罵一邊哭著。而我在一旁卻只是想著，要是我的哥哥摔車了，我大概會提來換洗衣物之後在床側跟他說，你看看你，不守規則活該如此。

母親的話舅舅不是沒聽，聽是聽了，但總堅持菸酒是快樂之源。戒了，人生就沒滋沒味了。

我看著母親在掉淚，心想舅舅真是可惡。

白帶魚裡常常發現的寄生蟲，稱為海獸胃線蟲。雖然是常見的魚類寄生蟲，但一來人類不是牠的主要宿主，二來蟲體常在遠洋漁船冷凍過程、或是烹調中的高溫消滅，又或者處理的廚師也有一定的敏銳度，魚肉裡夾著麵線般大小的線蟲，有時一來就是一群，千絲萬縷，惹眼的牠們很難不被發現。現在，大概也只有在傳統市場或是港口邊小販自釣自賣的漁獲裡，才見得到這樣明明尋常卻又珍稀少見的寄生蟲，掛在橫剖的白帶魚身上。

舅舅送來的白帶魚也有，不過，總是拿來帶便當的白帶魚，在母親手中，下場就是下高溫油鍋半煎半炸，海獸胃線蟲也只能被煎成焦香酥脆的蛋白質。

這樣的白帶魚，我是不吃的。

不是因為海獸胃線蟲，是因為舅舅。

舅舅是常客，家住得近，三五天就到訪一次，雖然不會空手而來，但總是帶來我不喜歡的東西。五十八度高粱一瓶、長壽菸一包；有時是硬皮難剝的海梨柑一袋、長壽菸一包；有時是他自己養的瑪爾濟斯一隻、長壽菸一包，一來把一包菸抽完，喝完一罐烈酒，有時把母親或父親也拉著一起小酌，滿桌子海梨皮、菸蒂，染得整屋子滿是菸味。小時候沒有手機沒有電腦，占走電視就占走所有娛樂，此外還占走了我的母親。我每回都在祈禱舅舅什麼時候來都好，就是別在平日晚和假日突然到訪，否則都不能好好地履行我電視兒童的義務。

不知是事與願違，還是人總是過分放大令自己嫌惡的存在，有時放學回家在門口看見藍白拖一雙，或是假日還沒睡飽就被突如其來的一樓鐵門電鈴吵醒，伴隨著小型犬神經質的吠叫聲，或是紅白塑膠袋拉扯的窸窣聲，一打開房門，雪白的瑪爾濟斯在菸霧中衝向我又叫又咬，不得不打起精神應付著。

阿舅。

阿威喔，來食白帶魚喔，阿舅去澎湖釣的。

廚房裡的母親後知後覺，令人討厭地頻頻追問，看到阿舅有沒有叫？要叫阿舅喔！

有啦。大抵天底下所有小孩都討厭父母的車前卒，馬後炮：把小孩的好事抓出來說嘴，又把小孩小過錯數落一番。

不太用國語說話的舅舅無疑是本格派本省人，多年前總是會罵我們這些明明聽得懂閩南語卻只會用國語回答的小孩子是講國語的外省豬，三兩句笑一次，只是不明白母親怎麼也同一陣線，跟著附和。後來漸漸地就不願與舅舅多說什麼，叫了人，放他一個人抽他的菸，我趕緊躲進廚房問母親，舅舅怎麼又來了？不是前幾天才來過？又是白帶魚？母親正在廚房把白帶魚煎酥，滿屋子魚腥混菸臭，她一邊被鍋裡跳起的熱油泡子燙著，一邊皺眉回答：阮小弟來和姊姊開講，不能來嗎？聽得我滿肚子火自個兒生滅。別說白帶魚了，就連母親特意煎高粱香腸、炒海參、滷筍絲豬腳我也不吃了，關在房間裡對著報紙上的建案廣告畫自己的房屋設計圖，誰也不給他們任何一間房，就我一個人住。

有那麼一段時間，我覺得家裡好像多了一條寄生蟲，寄生在我母親的身上。

高中之後漸與家中疏遠，家裡有客人來也懶得應付，尤其舅舅來更是要板著臉躲進房間，戴起耳機，掩蓋客廳裡姊弟聊天的聲音，想著我的領地怎麼越退越後面，已經從難以融入的學校不得已地撤退到家裡，不明白為什麼還要從家裡再往後退到房間裡。幾次阿姨們和舅舅結束聚會，臨行前，母親敲門要我出來送客，阿姨再見，阿舅再見啦！簡單幾個字難以脫口，明明是道別卻像撂狠話般丟下，吃了炸藥般轉身甩門碰一聲進房，站在門邊聽門外母親一人開始收拾起姊弟聚會後的殘餘。

那時，我不曾明瞭過誰的心情，母親的，舅舅的。

甚至是我的妒忌。

沒人叫我出來幫忙，我卻自己打開了門，重重踏著腳步跺地般走到客廳，明明是歉疚，卻不甘不願地幫忙把菸蒂、果皮、瓜子殼收進垃圾桶中。怒氣讓動作變得失控，幾個殼渣掉在地上發出尷尬的聲響，令人更煩心。

後攏我叫阿舅莫來啊。

她默默收拾完，自己走進廚房，又默默開始刷洗，彷彿這個家裡只能有廚房屬於她。她只能是兒子的母親，是丈夫的太太，是婆婆的媳婦，是廚房的使用者，不能是哪個家族的孩子、誰的姊姊。

舅舅的確比較少來家中了。

明明是稱心如意了，卻也良心不安地向母親探聽，像是賣乖般地問候著，怎麼最近阿舅都沒去釣魚了？母親只推說阿舅年歲有了，疏於走動了。又說，舅舅為了扶養小時候因為日本腦炎而智商退化，只能住在療養院的最小的妹妹，幾年前他賣掉僅剩的一些田地後，分一些給姊姊們便所剩無幾，此刻早已見空，只能拖著舊時腳傷再去打零工賺一些零用錢。

我也曾用過這些錢，拿去吃很貴很貴的生魚片，從來都沒有在精緻碟子上的各色魚肉裡見到寄生蟲的蹤影。

很偶爾的偶爾的現在，聽得電鈴聲大作，母親匆忙接起對講機，是舅舅站在一樓鐵門外，又拿了好大一袋禮物來。要弟弟上來坐坐卻直被推拖，舅舅說欲轉去厝啊啦，還沒替家裡小狗倒飼料。母親衝下樓，好一會，又氣喘吁吁上樓，不意外地紅白塑膠袋裡是白帶魚、中卷、紅目鰱等一袋冷凍成塊，放進冰箱，不知道這次會把這些具體化的情意冰存多久。

舅舅已經很少去澎湖租船釣魚了，母親說。收拾完冷凍的鮮魚，打一通電話給舅舅，確認她的弟弟已經平安到家，沒有又繞去超市買五十八度高粱來牛飲。

有一種魚身形近似於白帶魚的長條狀，不過長度卻是白帶魚的好幾倍的，名為皇帶魚。在日本，又名龍宮使者的皇帶魚，在傳說中，是龍宮派來的帶人往海底仙境一遊的魚。

我打開冰箱冷凍庫，一陣煙霧冒出，看見那本該自由自在的帶魚被切成幾段，硬梆梆地躺在這四方的盒匣裡。

恍然間我認出那寄生蟲的樣子，比較像是我自己的蟄伏。*

* 我其實有兩個舅舅，大舅是母親的大哥，是嚴肅但很照顧弟妹的人。某一年過年兄弟姊妹吵架，據說吵得難看，起腳動手的，大舅拉不下身為大哥的尊嚴，從此再也沒有跟弟妹聯絡。文中的舅舅是小舅，在說臺語這件事情上非常在意，聽到我們講國語動不動就伸手跟我們要十元，彷彿在替他自己小時候討回講臺語被罰的錢。但他在其他事情上卻又非常開明。前兩年小舅和漁友們吵婚姻平權的事情，當所有漁友們都持反對意見時，小舅卻說：人家的幸福快樂為什麼要阻擋？聽到這件事時，已經是公投後幾日，那時，我也是屬於那群陷入極度焦慮卻又覺得事情本就會如此發展的矛盾中的人。那時，我還不知道次年的釋憲結果。小舅的答覆令人欣慰，因為這句話，出門在外時，想到一定還有一群這樣支持自己的人。
除去我對小舅的嫉妒，他是個自由而善良的人。

後頭厝

寒流總是來得很巧，在除夕這樣的日子裡，它的涼意讓熱的更熱，冷的更冷。

年夜飯早早就吃完了，勾芡的西蘭花燴海參、煎白鯧、佛跳牆靜置一段時間，再過幾小時就要凝固成去年的形狀。客廳裡的快煮壺燒起沸騰的水沖進茶壺，湧起一陣寒香。電視機放著小小聲的過年特別節目當作背景音，一家四口圍坐在麻將桌前，上廁所的回來了，抱著零食包裝的放下了，用手捏吃圍爐菜的也回來了，擦擦手指上的油，疊起麻將。

手機響了兩聲，掛掉，不曉得是誰，母親看來電紀錄回撥過去，電話那頭窸窸窣窣不曉得說了什麼，引來母親質問：踅夜市？夜市仔奈會攏無聲？電話那頭又說了一陣讓母親情緒更高張了些：汝奈咧哭？免，汝來阮厝，看我打牌。

北風圈，疊起牌，擲骰子，抓走牌，沒人多說話。

美玉姨站在老公寓樓下的紅色大鐵門前，提著沉甸甸的禮盒，想著幼年的鄰居玩伴而後至親如姊妹的好友住在哪一號哪一樓，其實是知道的，只是電鈴的鈕令她遲疑許久。

按，大過年打擾好友一家人；不按，除夕夜就要被吞吃入深淵。

她還是按了。

電鈴聲嚇了她一跳。她趕緊調整表情，清清喉嚨，眼睛直視地板，紅腫的左眼彷彿發出滋滋的疼痛聲，像被放到鐵板上的廉價牛排發出哀號，唉，剛剛對好姊妹扯了謊，真正歹勢，又不知道該如何解釋了。她其實沒去饒河街，沒有買兩件五百的牛仔褲。她當然也沒有坐下來喝米粉湯，適才周遭的安靜，其實只是人各有歸處，街道全然放空，只剩下風聲如笑語。

對講機通了電，有人說起話來：美玉喔，緊起來啦，外口遮爾寒。

劈哩一聲鐵門打開，風自她的背後往樓梯間裡灌，就是寒流也知道誰家可坐可蹭，穿過她的身體飛旋而上。

寒？她當然知道寒，不過總算有人收留了這份寒意。

她走上樓梯，第一個迎面而來是一隻躲在門縫間探頭的黑貓。她可很久沒見到貓了，心喜起來喊著，咪咪，黑貓立刻轉身飛奔回巢彷彿說著這誰啊沒見過。第二個探頭出來的是好姊妹，一見她腫起來的眼睛，滿臉只有憂心和生氣，害她頻頻閃避，欲蓋彌彰地撥撥自己用小捲子燙出來的頭髮，想起自己帶了禮物來，佯裝沒事提起紙袋，裝嗨尬聊一波：汝看，遮是阮女婿做的啦。做什麼呢?做牛軋糖，做鳳梨酥，到處都見得到的伴手禮。

母親提走那禮盒，就堆在玄關口的小几上，不值一哂的東西，她全然記得那天去咖啡店裡吃過的這些手作伴手禮。美玉姨嘴裡的女婿和女兒在捷運線最尾端附近的菜市場裡開起咖啡館兼賣甜點，說起來也是辛苦，想要在市中心開潮得出水的店，店租太貴，租不起就開到了城區邊邊，而且還是傳統市場裡的咖啡店。為了跟在地顧客溝通，不得不在裝潢好的落地透明玻璃上用色彩鮮豔的螢光筆大字寫滿了各種禮盒的價錢：牛軋糖一百五，鳳梨酥兩百二，雪Q餅每種口味一包一百，中秋團購買十送一，提前十天預購還送早鳥濾掛咖啡兩包。記得店剛開幕，母親允諾美玉姨去造訪交關，大老遠自城市東北坐捷運到對角線的西南去，出站後穿過嘈雜的市場人群，拐進小巷，在那落地玻璃裝潢外張望許久，終於看到站在內場門邊，綁著紅色頭巾，掛著紅色滾邊灰圍裙的美玉姨，整齊的衣服掩飾不了各種蒼老，白色的頭髮從頭巾裡不小心鬆散出來，不停用著生滿皺紋的手指把頭髮塞回，一抹就是滿頭的冷汗沾在手上。

母親推門進去，美玉姨的女兒女婿一見，即便沒有血緣關係，也是要稱她一聲阿姨，阿姨來啦？阿姨坐啊。繼續低頭烤吐司抹果醬，壓咖啡粉磚，瞥一眼自己的媽媽，美玉姨就急忙端起水杯領著自己的好友入座，用著比平常低但誰都聽見的氣音說：汝來，乎汝員工價打折，盡量點。發現自己忘記拿菜單，急忙轉身從櫃檯抽了一本過來，那是一本黑色封皮的冊子，她不懂這是什麼美感，當她看見這樣的目錄時直說很有氣質，燙金的字在上頭發著光，她盡量不讓指紋沾到字上，讓金字保持光潔無瑕。

她打開目錄，偷偷笑著說，這家店不錯吧，彷彿她能在這家店裡工作是比中了樂透還幸運的事。美玉姨與母親聊起來，怎麼沒看到大兒子？母親說大兒子出國了，去日本，員工旅遊，拿出手機滑開相簿要她看照片。日本真水，她小聲說著閩南語，小聲地笑，微微地跟好友打鬧，那些狎暱的姊妹動作在咖啡館黃燈照耀之中她彷彿自覺不大恰當，尤其熟人在場，她總忘記自己是店員的身分，因此她得小心，像一樁祕密，用身體擋著背後女兒，不，店長的視線，又或者老師的視線。不知道為什麼兒子女兒書讀得高了，留學回來了，總是要用學校老師一般的眼神檢視她的所有行為。講髒話，一個叉叉。拿紅白塑膠袋，一個叉叉。穿菜市場買來有蕾絲的上衣，一個叉叉。跟自己的丈夫吵架，打架，一個叉叉。所有叉叉只打在她身上，打完叉叉轉身就走，她是她，他們是他們，位階關係終止，下一回湊合在一起，他們又板起老師的臉孔，用叉叉關心美玉這一位學生。

另一桌的客人剛起身，還沒走到櫃檯結帳，店長就給了眼神，她急忙停止所有話題，才想起有手帕拿出擦汗，走到那桌疊起杯盤，把所有衛生紙和餐具收到盤裡，端著回水槽時給了母親一個眼神，唇語說，我先做事啊，一個踉蹌，杯子倒在她的托盤上，發出聲響，沒破，她卻緊張得看著櫃檯那，店長女兒正在打發票，發出滋滋的機軸聲。女婿低頭看著報紙，一旁義式咖啡機的噴嘴自己噴出了蒸氣，嚇了美玉姨一跳。

店長親自送來了冰咖啡，說：阿姨，我很忙沒有時間親自招待你，很抱歉。母親說沒關係，美玉姨擦著汗，也遠遠地說無要緊啦，無要緊，母親的吸管塑膠套子一拆開，美玉姨就馬上收進口袋裡，彷彿什麼見不得人的東西。不過是張垃圾，母親說。美玉姨傻笑帶過。

時間過得很快，一杯咖啡老早喝完了，打發鮮奶混著濃縮咖啡在杯子上結成蜂巢狀的紋路。這當中她走來走去不知道收了幾張桌子，從內場拿出一盒又一盒的手作甜點遞給櫃檯的自己的女兒結帳。

話沒說到幾句，母親便起身要走。

多坐一下吧，美玉姨說。母親看著好友美玉全濕的額頭，著實也不想再這樣打擾她了，感覺自己在這邊，會讓她更忙似的。走到櫃檯結帳。店長說，阿姨，今天的咖啡好喝嗎。

母親朝美玉姨那裡點點頭。又買了兩盒鳳梨酥，說，遮業績要算恁媽媽的喔！

我知啦，阿姨放心。媽，等等送阿姨到門口，再回來收桌子。

美玉姨口袋裡拿起手帕時，吸管紙掉在地上，她急忙彎腰下去撿的時候，發現自己的手，好像皺紋多了點。那個瞬間，母親走出店門，站在外頭，等美玉直起身來，跟美玉揮手道別。

就是那時候的甜點吧，這時，被母親擱置在玄關。紙袋寫著，手作的溫度。

不冷也不熱。

母親拉著美玉姨進門，所有人都假裝沒看見她眼睛上的傷，晚輩依例喚著，阿姨，恭喜喔，新年快樂。父親自臥房穿好衣服出來，打了招呼，坐定位抓牌，骰子擲十七，頭捻尾捻，綠色的麻將各有歸宿一落一落被抓走。沒有人問她怎麼來的？為什麼來？只見她像在自家一樣自己搬張椅子坐到母親身旁看著，母親叫吃叫碰，她看得睜大眼睛；母親胡牌，她開心拍起手來，彷彿是自己贏錢，拉著母親衣角說要吃紅。晚輩們也很識相，不盯牌，不跟打，過水幾次，放槍幾次，捨了又摸進來的牌浮誇喊一聲：哎喲！燙到！自己家人打牌廝殺都不曾如此溫情，此番作戲做球給母親，讓母親塞幾個紅色千元籌碼給她當紅包。一雀打完，見大家紛紛起身，美玉姨抓起包包說要走。母親不允，抓著她到餐桌坐下，開瓦斯覆熱佛跳牆、煎吃剩的魚。把海參倒回平底鍋，溫度一升高，原本乳白色的油凍全又還原成透明的琉璃芡。美玉姨不好意思地執起筷子，嚷著要母親放下白鯧，別回鍋了，她不吃，把年年有餘吃完了該怎麼辦？母親說，無要緊，這一年賭的好運攏給你。

美玉姨多久沒有吃海參了，夾起一塊，放進嘴裡，芡汁燙口，趕緊扒一口白飯，低著頭，看不清表情。

已然是半夜，她想起什麼似地說要走，要坐末班公車回去。回去哪呢？回去繼續跟丈夫吵架嗎？然而兒子都分家，比好友還疏遠，女兒住婆家了更不好叨擾。可是除夕夜，過十二點了，哪有公車開？司機都下班回家團圓了。母親惱怒起來，但又留不住她，挽著她，要父親也下樓開車。

可是，要去哪呢？美玉姨回不了家，也沒有後頭厝。

母親也是沒有後頭厝的女兒。

兄弟姊妹老大各自分飛，分家一詞聽起來比想像的還要具體：屋子拆毀，小片土地像布帛一樣剪開來碎布般地賣了，所有時間量化成金錢各自帶一份走。男丁各自成家，而女兒出嫁。他們說嫁者家也，婦人外成以出，適人為家，可是總有個鄉愁存留，在後頭看不見的地方，隨時轉身都可以回去的地方，稱之為後頭厝的精神堡壘一般的地方，很早很早就被怪手一挖，推土機一輾，沒有了，不見了。沒有後頭厝可回的她們，年初二輪流在彼此家中聚會，本來只有一個又消亡的娘家，現在多出了好幾處，面前有什麼不如意之事，轉個頭，就有人張開雙手擁抱你。

她們得當成彼此的後頭厝。

車子停在飯店前，向櫃檯登記暫住幾天。填寫資料時，手機突然響起，她急忙接起，卻只是電信公司祝福用戶新年快樂的預設錄音廣告，不是丈夫和兒女。因為這通陌生祝賀電話的殷殷熱切語氣，她站在飯店大廳，難過得哭了。

母親挽著美玉姨的肩膀，說：先恬遮住幾天，以後汝隨時來阮家。

遮就是汝的後頭厝。*

* 很多年前與朋友去山上健行，下山後隨意走進小吃店覓食，沒想到美玉姨就是那裡的員工。點菜後，送餐時發現每個人的碗裡都多了一顆滷鴨蛋，深深埋在肉燥裡，頓時不知如何婉拒這落入碗中的餽贈，簡直是在蛋上寫著：不得背書轉讓。聽母親說美玉姨三十年來每天工時都超過十二個小時，全是勞力活，這幾年早上在菜市場包餛飩，午晚在小吃店打零工。咖啡店開幕後白天就直接受雇於女兒女婿，晚上在另一個黃昏市場賣滷味。丈夫小孩要錢給錢，沒跟她要也給，我彷彿可以猜想得到她的女兒把她真的當員工使喚的心情：若不是這般公事公辦，只怕美玉姨自己跑來幫忙，這樣的犧牲怕要把女兒也推到邊緣了。

那是人與人之間的錯軌。很後來的後來，我才明白這件事情。看著碗裡的深黑滷蛋，美味卻難以下嚥的，不知道是用什麼入的味。

續弦

買了一把吉他給母親。

聽過老歌唱著媽媽送孩子吉他，還沒聽過孩子送吉他給媽媽。送吉他的理由再簡單不過，只緣電影臺重播了《六指琴魔》，劇中由林青霞所飾演的主角為報血親之仇，練成絕世武功天龍八音，演奏天魔琴時將內力灌注，拉開琴弦，一個音就是一顆子彈，一里之外取仇人性命。事實上，電影是在各種浮誇爆炸與演員噴飛的場景裡度過，小時候看覺得驚駭，三十多歲的此刻看了未免有些誇張。此一幕卻讓自己想起幼時從母親房裡取來吉他，橫放桌上，撥弄琴弦發出接連流水般的聲響，嗯，內力還不夠強，於是再將琴弦使勁往後，一拉，琴弦毫不遲疑地斷開，兩根尷尬的線分別在吉他的首尾蜷曲著，從此兩頭。

我悄悄將吉他放回主臥的門後，本以為會被責罵但也沒有，幾天之後，吉他的空殼就從家中消失了。此後我再也沒有聽過吉他的弦音在家中出現過，母親的歌聲彷彿也跟著斷弦的吉他一起被當成家庭廢棄物處理了。

總覺得是我弄斷了這一連串的樂音似的，抽掉了五線譜的橫線，不知所以的音符就一個個從譜面上掉落，叮叮咚咚，掉成了平凡生活的聲音。

吉他是母親年輕時工作存錢買的，工廠幾個女工揪一揪吉他自學團，下班後到某人家去圍坐一圈，彈唱著民歌時期的作品，〈蘭花草〉，〈送別〉，〈恰似你的溫柔〉。極力融入工作圈子的母親得學習周遭大學畢業生的氣韻，要自己也字正腔圓地唱著：長亭外，古道邊，芳草碧連天。想不到這把追尋氣質與夢的吉他，下場是成了小孩幻想劇場演出時的毀損道具。長大後回憶起來，除了歉意，沒別的了。

向經營樂器行的朋友詢問，卻不知道該買怎樣的款式，只能用很外行的方式去描述：母親身高不高，手不大，不知道是不是要買小一點的吉他？有沒有民歌時期的吉他譜，或是閩南語老歌的譜？還有可不可以宅配？

「有一種四分之三的，又稱為旅行用吉他，攜帶方便，是盧廣仲或紅髮艾德等歌手平常拿的尺寸，頗適合手小的人演奏。」朋友很想耐心跟我說明牆上掛著的吉他的差別，抓下來刷了兩下，要我也試試。但學生如我沒有半點音樂天分，任何樂理術語在我耳裡都是沒學過的外文，就連現在只要拜一下網路之神，吉他譜就如籤詩般掉一大疊下來的這件事情都不甚清楚。

幾天後母親傳來照片，宅配包裹裡頭，有吉他本體和所有配件：背帶、調音儀、移調夾、彈片，加上一本為難朋友得從倉庫挖出來一本九〇年出版的流行歌吉他譜之六，前五本散佚不知去向，遂將此孤本送給了我。看著照片，送了訊息給母親：如果不知道那些東西怎麼用再跟我說。

隔著手機，她看不見我的種種心虛。

「我都知道怎麼用啦，」她回覆，下一句是，「幹麼花這麼多錢。」

心虛的事情很多，不止這一樁。

在把弦弄斷之前，我曾學著哥哥把吉他當作投壺器具之用，把零錢丟進吉他的共鳴箱中算得分，投壺未中或被弦彈開則不計分。每每聽見零錢打在琴弦上頭發出錚錚高聲，還不懂得欣賞樂音，只覺得琴弦是個障礙。琴弦斷了就只是一個玩具壞了，開始尋找下個玩具就好，插座、打火機、浴室磁磚、木板隔牆，沒有什麼事不能拿來大肆破壞一番然後棄置的，就連父母結婚時的來賓簽名簿也可以拿來在空格處自顧自地臨摹簽名。我像是個拆屋工，一點一點地拆毀這個家裡本來可以長居久安的每個角落。為此母親只得多接走幾箱電子端子，用焊錫的線，把端子與排線焊接起來，接起生活必須。賺來的鈔票，彷彿都加了水，打碎，糊在每個被我破壞過的牆與磚。

寫作時談到錢是多麼抹煞情懷的事情呢，家人之間談錢也只有傷感情罷了，但總是記得大學學測之際，自己窩在房間裡，反覆寫著已經不知道翻看多少次的習題和講義，聽到一點電器開關的雜音，遂大聲嚷著：拜託你把電視關小聲一點好不？外頭哥哥碎念幾句：已經關到沒聲音了，你有病嗎。

母親見狀又要出來打圓場，小聲責難哥哥，要他把已經靜音的電視再關小聲一點，接著走來房間門口時，我卻將講義使勁往門口一丟，自覺天地宇宙都負欠自己似的哭了起來，一邊抽噎一邊埋怨：為什麼我從小到大都得讀公立學校？為什麼我都要照你們的安排讀高中讀大學？哥哥都不用，愛讀私立學校就去讀。我也想自己去讀喜歡的學校呀。

母親一個人在外面聽著，兀自撿起破破爛爛的講義，安靜地擺在房門口。

聽到這些話的她，一定很難過吧。

學生時期結束之後談過幾次戀愛，每每想著應該要給母親看看交往對象的照片，給她一個什麼人生交代，但那些長得比較亮眼、打扮比較入時的，不知道為什麼就是不想給她看，擔心她會批評「只是看上他的長相吧」、「是你倒追他」這樣的話語，或是會把自己因為自由戀愛而得跟著父親過苦日子的怨恨轉嫁到我身上，說：談戀愛要多想想。於是只把交往穩定但長得普普通通的對象的照片從手機相簿裡找出來，拿到母親眼前，本也是滿心期待她會說些好話，但得到的評價卻令我氣惱。

「你一定是喜歡上他的錢啦。」

母親用開玩笑的口氣帶過，彷彿嘻嘻哈哈的實話比較不會傷人似的。

是啊，喜歡錢又怎麼樣呢？難道要像你一樣，一輩子為了錢，做加工，焊端子，不知道放棄掉多少自己的人生嗎？

這句話只是放在心裡，不敢說出口。

時間是連綿不斷的音符，我們彷彿站在弦的兩端拔河，不斷拉扯，發出不協調音，明明是要往自己身邊拉近的，卻變成一場永無止盡的反向對抗，誰也沒有向誰靠近。每當她憂心忡忡，一邊削著吃不完的水果，一邊問起我的薪水，什麼時候調薪？在公司有沒有認識不錯的人？多認識多看看呀。頭髮白就多吃一點芝麻跟核桃，氣色不好就多吃點葡萄，彷彿我是被她圈養的果子狸或鼴鼠等動物。甚至莫名其妙地塞錢在我手中，抬頭見她一臉我沒有她就不行的表情，都讓我差點對她失聲大叫：拜託，我已經是大人了，可以自己做決定，過生活了。

繩索越拉越緊，最終應聲而斷，我們兩人跌坐在兩端，變成了我，與她。

過一陣子，我悄悄收拾行李搬家。住進了她口中我所喜歡的有錢的他的住處。沒有聯絡的時刻，時間彷彿全然靜止，她與我之間沒有半點聲響。

其實不是因為琴弦斷掉而不彈吉他的，我再清楚不過了。

吉他已經擱置在主臥房的門板後很長一段時間了，婚後母親做起家庭代工，焊接端子電線，後來又回女工工廠釘置機械排線，做的全是音響內部的零件製作。下班後忙家務，顧孩子，吉他遂被擺在房間一角，又故意放在門後，彷彿要讓自己眼不見為淨似的，那房門後頭，原本也只掛著偶爾停電時取用的手電筒罷了。

其實吉他的弦很早就鬆乏了，一日下課的午後，又想拿吉他來投壺的我無意間發現琴弦懈弛如長年累月的曬衣繩，急忙轉起弦鈕，想把拋物線綳回直線，但久不演奏的弦，已經失去演奏者手指自然分泌油脂的保護，在潮濕的天氣裡日漸鏽蝕，脆化，那音孔上方最常被撥弄的琴弦早已經微若細絲。在弦斷與弦直之間，我把弦鈕轉到適可而止的地步，便悄悄把吉他放回，佯裝自己不知道此事。

當晚，我聽見吉他幾聲琮琮，很快就停止。父親按了電鈴回來，一疊薪水裝在信封袋裡交與母親，開飯，我與父親吃著，母親在一旁寫起帳簿來，皺著眉，不明所以地說了一句：「會曉讀冊就好好啊念書。」那時我不明白的話，後來聽懂了。念文學的人怎麼會不明白一切事物都只是象徵？在我眼裡看起來最俗氣的，卻只是自己不願正視那數字背後的所指。

她賴以為生的，是接起電路路線，換取金錢。她讓別人聽見音樂，自己卻失了聲音。

有一段時間非常流行歌唱選秀節目，百來個素人們站上舞臺，在短短幾分鐘內獻上最美好的歌聲，那時我們談論節目，談論素人和夢想，明星的光環從浮誇亮眼之處摘下，戴在了街頭巷尾、公園何處、不知道哪張石凳上曾坐著一個背著吉他自彈自唱的人。錯落剪輯的採訪花絮片段裡，參賽者無一例外，總是會說：唱歌是我最喜歡的事情，我想把這件最喜歡的事情做好。

我們這一輩最愛掛在嘴邊的「做自己」，聽在母親耳裡，會是什麼感覺？

一日男友勸我，該回家看看了。

搭車返回老家，數月後的街景已經有幾家店改頭換面，撐不下去的店家都退場了，老家還是撐在那裡許多年。拿起鑰匙悄悄開了門，聽見主臥房裡傳出小孩組歌唱比賽節目的稚嫩歌聲，往房裡探頭，母親只是雙手抱膝坐在床上看著，不發出半點聲響，沒有跟著哼歌的意思。數十人組成的現場樂隊下起緩慢前奏，臺風超齡的小孩抄起麥克風，閉起眼睛，彷彿也時光倒流回三十年前的自我催眠，沉醉，低聲唱著：是誰，在敲打我窗，是誰，在撩動琴弦。

「沒有跟著唱啊？」我說，「這是以前你會自彈自唱的歌。」

父親見我回來，見氣氛尷尬，自己接起話來，回來啦，吃飯沒，有沒有帶禮物回來？伸手跟我討要五十元銅板說要去巷口買張大樂透。

「我以前彈的是〈恰似你的溫柔〉，這首是〈被遺忘的時光〉。」她說，「真是一點也不懂恁老母。」

遠遠那端的她紅起眼眶。

那晚過後，一切彷彿如常運轉，只是，母親再也不多過問我的生活了，好像寧願多把心思放在退休後的自己身上，讀讀小說，蒔花種草，背背英文片語，看到我回老家，抓著我說她最近又學了新的單字，說星期一的英文就是閩南語的採茶。Monday，挽茶，自己發明起不亞於電視購物頻道推銷的諧音聯想法教學課程，在一旁荒唐笑得樂不可支。

宅配吉他幾週之後，某天母親突然傳來一段錄音檔，點開一聽是九〇年代流行的〈城裡的月光〉，明明十分流暢彈完，卻莊稼人一概謙遜地說著自己老了啦，手指頭都彎不起來了，很多音都彈不好，你回來我教你彈，學樂器要趁年輕。後來她果真拿出和弦指法，要我左手壓弦，右手撥弦，試著照譜上的順序彈奏。

本以為不是什麼難事，但我按著弦才發現，想彈出漂亮的音色可不容易。弦其實很硬，按久了，會讓手起繭。但若不壓實了，彈出來的聲音都是啞的。弦是一種阻礙，但因為有阻礙才有令人驚訝的顫響，才有美麗的成音。你得耐心按著它，操控它，輕撫它，把青春的弦接回，撈起那一個又一個散落的音符掛在弦上，在時間之流裡串成樂章。

吉他是這樣彈的。

這是母親教我的事。

做母親

全世界懷孕

即將生產的同事在請假前的最後一天整理座位上的食物，大豆卵磷脂、芝麻粉、燕麥片、無調味堅果罐。她把食物託給我，說：我先生會過來拿這些，你有要拿去吃的嗎？

我因著保存期限拿走已經開封的麥片，其餘留給她自己，看著這些食物，才想到其實她不是個挑嘴的人，只是到了懷孕這步田地，為了小孩，不得不錙銖必較起來。有毛的水果不吃、海鮮不吃，怕過敏；刺激性的東西不吃、香料太多的東西不吃，就算不是麝香夾竹桃這種一吃就導致各宮小主小產的東西，光是肉桂孜然就碰也不碰。一次全組人聚餐到公司附近的江浙菜館大啖百花金條，可只見她一筷未動，盯著閃亮亮的金條發呆，緣是那金條是油條夾蝦仁漿去炸的美味，眼神死寂地說，沒關係，等我生完我會再來吃的。

自她向我們宣布已經懷孕三個月的消息，到請假前的這幾個月來，除了吃食之外，我們總是表現得比她更加緊張：過馬路的時候總擔心她站得太外面會被白目路人擦撞，爬樓梯的時候擔心她動作太大會一個不小心就破了羊水，公司重大會議不讓她去參加，怕她聽到那些光怪陸離的事情會一氣之下把小孩也給氣出來陪媽媽一起翻桌。有時候同事都不免要笑說，到底是誰懷孕啊！

是啊，這個世界多麼危險啊，同志如我無法跨越那道生理男性的牆，去體會，一個女人是如何決定要生下一個小孩？如何忍受肚子鼓脹著好幾個月，卻也要算計捷運轉接班次和紅綠燈的分秒差，在電扶梯左側和斑馬線上帶球奔跑，在遲到扣薪之前抵達公司，並且急死人地按下那辨認指紋過分遲緩的打卡機（總以為此刻它剛盹醒並吃力地尋找老花眼鏡拉近拉遠地看著她的指紋）然後成功登入上班？

這個世界有太多看不見的尖銳，小心翼翼的孕婦要怎麼穿越這些蒺藜，而軟綿綿的小孩出生後又要怎麼披荊斬棘地長大？因而為了承接這個生命的到來，她選擇成為媽媽，就算可以把小孩丟給娘家婆家和老公，就算出門去了心裡是否還是掛著那個生命，好像遠遠的在丈夫手裡的小孩尿床挫青屎，她在百貨公司試香水都聞得到自己小孩的臭味。

這個決定讓一個人不再是一個人，它雖然不像愛看的宮廷劇裡母子兩人一榮俱榮一損俱損，此刻該沒有深宮裡權力和生存的鬥爭，母子之間存留下來的，是否是一種更純粹的連結。

這是我第一次這麼近距離且長時間的觀察懷孕過程，每次同事她跟我們說：我的小孩昨天在我肚子裡跳舞、在伸展、在翻滾，指著其實也看不出什麼玩意的超音波照片也能津津有味地說她在做瑜伽、她在曬日光浴——這些，不免讓我疑心其實不是攝影設備太好，也不是婦產科醫師太會拍照，只是在一個新生命即將到來的產檢現場，都會變成一個像是薩滿巫師共魔的祈禱大會，醫師本沉默寡言也變得能言善道，替一團在羊水裡漂浮的生命編造神話故事，而孕婦也自甘被催眠，從一個伸手或翻滾的動作裡大膽預言將來這小孩一定是運動健將，或從一縷髮絲推斷，將來啊，她一定是個美女。

視微知著，這是人生中最美妙的捕風捉影。

一個新生命就要到來了，每次看到她的肚子就妄加揣測裡頭是怎樣的命運，這個未知會替將來帶來什麼變化。也許她是乖順讓父母不必擔心的孩子，也許是個有主見能改變世界的人，或者她安安穩穩地過著自己的人生，也會讓太陽系某一角變得安靜祥和。一隻蝴蝶在巴西搧動翅膀，美國就來一場龍捲風，何況是一個人呢？

我不太相信「當你真心想完成一件事，整個宇宙就會聯合起來幫助你」這句激勵的白話，整個宇宙聯合起來暗算你還比較實際一點。但這幾個月下來倒是相信，當你真心想生一個小孩，全世界都會一起懷孕。

電影《人類之子》裡，人類即將無法誕育下一代，世界都要陷入絕望，當所有人為了各自的利益互相廝殺時，主角抱著剛誕生的小嬰兒走出戰場，方才的槍林彈雨瞬間靜默，所有人放下武器，靜靜默送著這個難得的生命離開，因為大家知道，那是僅存的未來。

一個人願意懷孕，旁人都責無旁貸，當同事懷孕初期每每離開座位回來不是去廁所解放而是去孕吐、挺著肚子瘋狂加班趕進度，趕到頭髮都白了卻也不敢染。我們都不免心疼跟她說，拜託回家去躺著吧，接下來的事情我們會幫你做完。而她卻會說沒關係，盯著自己畫的表格掌控作繪者的進度，還模仿肚子裡的小孩捏著鼻子說掰掰送走同事，自己關上辦公室的燈。

希望這個小孩將來有一天看到，會明白她的出現，是有多少人的小心翼翼所護送著的路程，彷彿全世界都懷孕。*

＊後來孩子出生了，幾個同事在醫院入口處登記之後，躲在育嬰房大片玻璃外偷看同事的小孩。說是躲，其實也沒躲什麼，只是育嬰房的靜謐讓人不自覺地躡手躡腳起來，悄悄站在走廊，看著所有嬰孩的動作發出無聲的聲響。

你看，那是我們家的小花。同事用氣音悄聲說著。

看著她那小手張開的模樣，就像澗戶無人裡的木芙蓉綻開，發出了微乎其微的聲波，向宇宙的心發送無線電通知：我在這裡，已經到達地球，over。

不知道宇宙那裡向她回覆了什麼，她笑了起來。

希望是很好很好的事。

假帳號

望著學校發下來的家長職業調查表，母親拿起筆，寫著：

父：工程師。

母：品管。

家庭經濟狀況（筆尖抵著「小康」，想了一下，移開）：普通。

隔天，還是小學生的我拿著這張表到學校，同學們都在討論彼此父母的職業，如今回想起簡直就是幼幼臺版本的人間修羅場：我爸是律師，我爸是總經理，我媽是大學教授，我媽是公務員。某同學單子上寫著「父：自由業」，有人問，什麼是自由業？同學回答：我也不知道，我爸每天都睡到下午，有人打電話給他才要出門上班賣房子跟土地。

原來如此，真是自由。

幼時的我看著自己單子上的職業名稱，「工程師」、「品管」，雖然不大清楚這職業好壞，不過聽起來也還可以，大概就是說出來也不會丟臉的狀況。

一個同學看見我的職業表，好開心地找到同類跟我說，我爸爸也是工程師，他是設計房屋結構的建築工程師，你爸爸也是嗎？

不是。我爸爸是釘板模的，就是你爸爸把大樓設計好了之後，有人會來打地基、綁鋼筋，接著我爸爸就會來釘板模，就像烤蛋糕的麵糊需要模型盛裝才會有個漂亮的形狀那樣，釘完板模之後水泥預拌車才會把水泥灌進這個模型，乾掉之後變成房屋的基礎牆面結構——當然，這話沒有說出口，因為此刻的我才知道母親在這職業名稱上做了一點文字伎倆。

電腦文書作業還不普及的年代，老師會彙整全班的家長職業表單，把每個人填寫的職業剪下來，一格一格貼在新的表單上面，影印全班的份數，讓所有家長圈選班級家長代表。所有家長的職業在上頭一覽無遺，有的還附上公司行號名稱，彷彿武林門派的一場紙上名號角力。我看著那張單子，儘管一個個職業在我腦中幻化出十人十色的畫面，但是，母親寫下的工程師和品管，無疑是單子上最漂亮的字。

我問母親：品管是什麼？她說，就是管理公司產品品質的人。

我腦中浮現她之前在家中焊錫電子零件，後來在工廠釘排線的生產線女工畫面，私自推測原來很多工作的職業名稱都只是部分的借代修辭，母親實際上要做的事情可是遠超過「品管」二字。

一次母親參加了家長會。

當時似乎很流行「share」這個概念，其實明明有「分享」這個中文詞彙，不知道為什麼大家都要說 share。我們一起 share 一桶爆米花，大家一起 share 一盒彩色筆畫畫，Mike 跟 Michelle 一起 share 一份兒童餐好嗎。要開家長會了，班導師發下通知單，極力邀請所有家長到班，還說每個人帶一道菜來就有二十幾道菜，大家可以一起 share。母親問我什麼是 share？因為在兒童美語學過，我遂沾沾自喜地說：分享啊，你不知道嗎？

那不就跟吃辦桌一樣嗎？

當天母親穿戴整齊，畫上妝，變成我不認得的樣子，去菜市場買了她不吃的滷牛腱，騎著機車，帶著我與牛腱到校。在她的邏輯裡，她不吃而大家都吃的，就是高級的東西。

家長會其實也沒有什麼大事，進行一段教學讓家長在教室後頭觀摩，接著宣布票選班級家長代表的結果之後，就把所有學生都請了出去。教室門窗紛紛被大人們關上，身為小孩的我們看著這一幕只覺得詭異，虛掩害怕似地笑出來，老師只得探出頭來要體育股長帶大家去體育器材室借球玩。不愛玩球的我並沒有去操場，偷偷繞回教室外偷看，但其實一群家長關在教室裡也不為了什麼，只是替學校或獎學金募款。老師說完一大段話，家長們紛紛掏出藍色的鈔票來。不讓孩子看，大概就是怕同學之間為了自己爸媽的捐款金額互相比較。

家長會結束後，我問母親給了老師多少錢？

母親說，那不是給，是捐啦。也不是給老師，是募款啦。

那你捐了多少？

你管這麼多。

現在我想想才知道母親在家境那欄勾普通的原因。

她再也不參加家長會了。因為不吃牛肉的她沒有吃自己帶去的滷牛腱，她不覺得東西有什麼 share 不 share 的概念。現在想想，她很像用了一個假帳號，登入某個她完全不熟悉的論壇，插不上話也不想抖內，走馬看花似地逛完一圈，登出離開，再也不要登入。

綁票

很多年後，母親還是會反覆提起這件事情，關於膝蓋。

還不用專用垃圾袋，街頭巷尾還停放垃圾子母車的當時。那年，擄人勒贖案反覆出現在夜間新聞，類戲劇也跟了風，心焦的家屬總是把贖金用塑膠袋包起，放在某個路邊的垃圾桶裡，卻在其中發現自己孩子的一截頭髮或一小段指。然而真實生活裡，放學時間的校門口擠滿前來領小孩的家長們，焦急地在相同的制服中辨認出不同的臉孔，抓起，拎走，巴不得拉一條繩子，一頭綁在自己身上，另一頭在小孩身上打死結，用力一拽就把小孩扯到身邊來。

父親隨口交代一句，不要跟陌生人講話喔，拿糖果，喝飲料都不行，不然我們籌不出錢來贖你，一千元也沒有，你要是被拐走，我們只能在垃圾桶裡找你。

一日，母親沒有跟誰知會一聲，提了兩個垃圾袋就出門了，下樓，把包裝好的垃圾放在腳踏墊前，發動機車，催起油門前行。想轉彎出騎樓，卻總覺得車子與平時重量不同，手中的龍頭難控得很。轉頭才發現，我拉著坐墊後的把手，就這樣被拖行了一段距離。

母親趕緊將我扶起，膝蓋已滿是血與泥沙的混合體，那些粗礪而拉扯出方向性的線條不僅僅出現在我腳上，也磨過她的心。

她說，她完全不知情。

小孩子什麼時候跟了出來？什麼時候握上了後座的把手？又是怎樣悶不吭聲地被拖行了好些公尺？她渾然未覺，那個當下，她只是想把手中快要發臭的廚餘垃圾趕緊從家中丟棄。每每提及這件往事總令她鼻頭酸澀。

其實不是太溫情的一件事。

那是小孩子的一勝。

看見母親不知打包什麼東西走出家門，悄然跟蹤，奔走下樓亦然不發出半點聲響，緊握住機車後座把手，至此，究柢是母親太過匆忙而沒留神？還是當年未滿十歲的我已經練就潛行滅蹤的戲法？末節瑣碎已不可考。只是我知道日後我還會繼續用這樣的方法，悶不吭聲地，讓他人無心地將我拖行，使我受傷，好讓我能反覆辨認那充滿心慌和歉意的表情，如同輸入驗證碼一般：請選出心疼的臉孔，打勾，送出，驗證此人與自己之間的連結。

這驗證許多人都討厭，許多討厭此驗證的人也必然用過。我們每次都打勾，確認自己成功勒贖他人；對別人的驗證我們未必欣然，但大多時候都默認那樣的預設值——

情緒勒索，已經是很後來很後來的名詞了。

遠在這之前，我們早就將彼此綁票。

左右手

我曾經把別人推下樓梯。

不知道這對人們來說是個常有的經驗，還是少見而只敢擺在心裡的事情。

其實也不知道是出於好玩還是什麼動機，總之，我把她推下樓了。

那天氣溫很高，濕度也高，老公寓樓梯間的磨石子地板都滲出水來，輕淺的灰變成影子般的深灰色，沾覆在空間裡的每一處。聽大人們說這叫做「返潮」，彷彿原本被動離開而逸散的，全部被召集返還了。我與她頻頻拭去汗水，趕忙準備，抓了購物袋、錢包和鑰匙就往外奔。再不出門就要下雨了，她說。

記得是在把鐵門關好，鎖上，那個瞬間，在狹窄的樓梯間轉了個身，我與她碰個正著，她就這樣摔下一層樓。時間靜止下來，這個意外來得如此意外，誰都猝不及防，一時之間說不出任何話來。

發出哀號的，是我的母親。

急忙攙扶她回家中，外觀上並沒有明顯受傷之處，不過母親說她的左手拐到了，施不上力。對慣用右手的她來說，左手受傷是更麻煩的，因為握鍋柄是左手，固定砧板上的食材是左手，一切的輔助都是左手，但左手又取代不了右手。如果右手受傷還有個由頭說服自己什麼事情都不做，左手受傷，做或不做，都是折磨。

你幹麼推我呢？母親那時的口吻不像母親，像同學一般的小女孩。

那天母親沒有去買菜，是我去了一趟超級市場，張羅所有人的晚餐。

終於下雨了。

當時的小學生大半都知道「心電感應」四個字。

比方兩人異口同聲說出同一句話、不期而遇，本該分岔的路徑巧合般地重疊，在福利社裡選了同樣口味的果汁，便當帶了一樣的菜色。或是老師要學生們猜猜他接下來要叫誰起來回答問題，猜中了，就會調侃著：「你跟我有心電感應。」

心電感應有時候也叫做第六感，差別是前者是雙向的，後者是單向的。這類詞彙通常都出現在漫畫店或是各種少男少女雜誌月刊上，在尾端某一頁不算太重要的版面塞上星座運勢或是戀愛煩惱解惑專欄裡會出現的。「今天的第六感很準確，跟隨心裡的想法吧。」或是，「重要的人會跟你有心電感應，請好好把握。」這樣莫名所以的句子，暗示一些毫無邏輯的可能，卻意外地教會了不少小孩一些抽象的概念。

跟誰有心電感應是一件很重要的事情，跟暗戀的人有心電感應是只能暗自開心的，跟異性有心電感應是一件麻煩的事情，畢竟在那個性別開始被分野的年紀，誰都不想被落人話柄。

跟母親有心電感應是件複雜的事情。

那天坐在教室時特別浮躁，但左右離不開教室，只能不顧老師的關切，趴下睡覺。回家後，母親手上帶著各種擦傷與藥水痕跡，在家裡打轉般地忙碌，看到兩個兒子回來，就像分享一件什麼無關緊要的事情般碎念著今天自己摔車的事：「在國小旁邊啊，那個轉角嘛，你們去剪頭毛的那裡。我要轉彎轉不過去，就碰的一聲倒下來，還好附近的人都來給我扶起來……」

「難怪我今天眼皮一直跳。」哥哥說。

「我也是，我今天頭很痛，一直趴在桌上睡覺。」

「你哪有。少騙人。」

「明明就有。」

眼見兄弟倆為此爭辯，母親在一旁也不阻止，好像還有點得意似的靦腆笑著。其實我也分不清楚自己有的是第六感還是與母親的心電感應，到底突如其來的頭痛是真有其事？還是想安慰她的一場捏造？或其實這些都是無意義的巧合，而我聽見哥哥的說法，大風吹般怕搶不到位子，自己趕緊對號入座罷了。

幾個月後母親載著我與哥哥出門，哥哥在機車後座，母親握著龍頭，形成一個狹小的懷抱區域，仍然矮小的我就在她與龍頭間的腳踏板上站著，被母親圍繞著。像是刻意地經過摔車地點一般，前一秒母親還跟我們說：就是那裡，我就是在那裡摔車的。下一秒，我們又在這裡摔一次車。一旁的人果然如她所言紛紛過來攙扶，沒什麼傷，一點點皮肉見紅。呆坐一旁的我反覆想著倒下來的那一瞬，世界如鏡頭緩慢倒轉九十度的畫面中，母親的手護著我的頭頸，而年紀稍長的哥哥早就靈巧地跳開了。

你幹麼不站穩呢？母親又這樣責備我，這一回，我竟聽出她的怒意來了。

那個站在腳踏板上，兩隻小手扶在儀表板上的我是故意的嗎？是故意往左邊一壓，讓母親已經受傷的單手控制不住方向，遂倒了下來的嗎？

如果是有意為之，那又是為什麼呢？

後來母親總是會說她的左手「未接力」（buē-tsih-la't），意思是無法承受過重的重量，提舉重物都施不上力。於是不騎機車了，也很少起油鍋炸東西，以免要把剩下的油倒出瀝過時，左手會承受不住重量，遂把高溫油都濺灑出來而燙傷。偶爾一次夜裡返家餓肚子，看見母親把湯熱了讓我澆白飯吃，端湯鍋時，無力的左手不小心放棄支撐，把湯都灑了一地。

我見狀急忙過來清理，一邊擦一邊碎嘴，讓我來端就好了呀，何必一定要自己來？母親安靜不說話。這樣的狀況從二十多年前她跌倒的那一刻起就日益增加，提菜、舉物、打麻將搬桌椅，母親的左手好像一直在萎縮似的，儘管形體上跟以往還是一樣，但卻讓人感到它一直在縮小，退後到肩膀，到最後消失不見。於是大半時候只得由我協助，成了母親的左右手，幫忙提著裝滿高麗菜和橘子的紅白塑膠袋，被母親稱讚菜切得整齊，衣服摺得漂亮，彷彿我偷走了她的手裝在自己的雙臂上，操控這個屋子裡的一切事物。

偶爾見得母親使用左手，是她雙腳跪地用右手拿抹布抹地板時，左手好像在那當下又長了出來，有了細長的臂膀、手掌和手指，但單單只是撐著地板，幫忙保持平衡。後來我搬出家門，都是退休的父親幫忙做這些粗重的事情了。搬出去生活的我也習慣拿抹布擦拭地板，跪在地上時，總想到那灑落一地的湯料，以及母親的左手，還有那返潮的樓梯間的灰影如何布滿整個空間。每每伴侶說起要買昂貴的掃地機器人或是高端的吸塵器就必定被我阻止，地板是一定要親手打掃的，而且沒有其他的機器可以代勞。也不光光是這件事情，幾乎所有母親手把手教我做的事情，自己都莫名堅持要按照母親的方式去做。

母親，你為什麼要這麼做呢?明明可以不，為什麼一定要這樣做?每次處理家務時，都像是撥了一通電話給自己心裡的母親，反覆問著這些沒有答案的問題，嘟嘟聲之後進入語音信箱，將疑惑儲存，下次又撥通電話，聽見自己的錄音留言，自己氣惱起來，怨憎母親從來沒有給過答案，卻要將問題留給我。

有時我寧願母親壞掉的是右手，不是左手。

如果是右手壞掉的母親，什麼事情都做不好時，一定會變成一個沉寂的人了吧。這樣一來，她也不必繼續當個女工，沒辦法成為社會裡的小齒輪；也不用急急忙忙地從工廠裡趕回家，在一旁指揮我煮飯、教我摺衣服，看不下去時也不可能出手幫忙了。家裡的所有事情就會重新分配，我取而代之，變成那些採訪人物故事中，勉力維持家庭樣貌而過分早熟而獨立的孩子。父親會一面感嘆太太的身體狀況，一面讚賞我的表現，彷彿我與母親是月的正面與背面，我永遠在反射著光芒，她永遠都是人們見不到的，隱藏的事物。

當然，也有可能因為母親趨近失能，家中一切宣告停擺，沒有人扮演她的角色之後，垃圾雜物堆滿地，失序的生活裡沒有更新，只能對廢棄物產生依存感，沒有人想往前踏出一步，遂順理成章地穴居在各自的精神堡壘裡，不必成為誰口中的有用的人——當然，這些都只存在於我的想像裡，現實中，母親還是用她的雙手撐出幅員遼闊而難以遁逃的天地，給你陽光空氣水，有時給你窒息般的呼吸。

日本傳說〈沒有手的女孩〉中，富翁的兒子愛上了住在森林裡的女孩，託媒人說媒，打算娶女孩為妻。但女孩的繼母不甘心讓她嫁給富翁的兒子，於是砍掉了女孩的雙手，還威脅女孩不能回家；另外寫了一封信給富翁兒子，好言好氣地說希望以自己的親生女兒代替女孩嫁去富翁家。

當然，繼母的如意算盤落空了，在一次陰錯陽差，富翁兒子又遇見了女孩並結婚生子。後來女孩又被設計陷害趕出家門，旅途中休憩喝水時，強褓中的嬰孩不小心從懷中滑落，那瞬間，女孩一心一意地想要抱住小孩，忘記自己失去了雙手，意念伸出手來承接，於是原本空蕩蕩的袖子果真憑空長出手來，千鈞一髮地抱住了嬰兒。最後跟丈夫團聚，喜劇收場。

讀故事時，覺得自己是那個女孩，雙手被剝奪，最後還是長出雙手，緊緊擁抱自己想要的事物。自以為是地把幸福加冕到自己身上時，卻常常有一種念頭如濕氣返潮般，陰影襲滿下樓的樓梯間，或許母親才是那個失去雙手的少女，在摔車時擁抱著自己的孩子。

而我才是剝奪母親左右手的那個人。

切手

切到手了。

血從指頭流出，染在昂貴的青森蘋果上。

雖然對這種節儉有一點不好意思，但還是直接把蘋果端上桌了。本來想著另一半會不會覺得雪白的果肉上沾到血而感到困窘，或是覺得我小家子氣。他只說：先包紮傷口吧。

包紮傷口時，想到母親也常被切到手。

怕熱的別進廚房，怕刀砧的也一樣。下廚久了，都知道手上痕跡怎麼來的，鋒利的刀，充滿細菌的魚鰓，熱如烙鐵的鍋邊，冷不防跳起的油爆。手指，手背，手腕，日日都在累積的，勸勉自己稱其為戰士的勳章。

一開始怕，後來漸也不怕了，了解母親怎麼只願意用很便宜的優碘、凡士林、嬰兒油，不願用好一點的護手霜，也不去做美甲或手部美容。只是以前不明白的事，是母親的傷口在我眼裡不知怎麼特別惹眼，刀疤燙疤塗了凡士林，在燈光下泛著的油亮亮的光芒，總覺得像是故意顯擺給我看似的。

真是令人討厭。

這種厭惡的感覺並沒有隨著長大而消失，倒是現在久久返回老家一次，母親就大張旗鼓地，買很貴的食材，花很長的時間煮飯。明明一桌都是自己喜歡的菜，不知道為什麼吃起來就是這麼令人難過。常常都要跟母親說，拜託別煮了，煮一大桌都沒人動，只有我一個人吃。母親只是搪塞著說，會吃啊會吃，你先吃嘛。不明白為何在我心裡，母親好像有意無意地亮著那些陳年的切割傷疤，手看起來比以前更痛了。

其實我也清楚，母親沒有那個意思。

那個討厭的感覺是怎麼來的呢。

在日文裡，「切手」是郵票的意思。

切手原本稱之為「切符手形」（きりぷてがた），「手形」指的是文件上壓的手印，借代為票據、存根的意思；而「切符」，則是將紙張裁剪成小紙片，像一小張平

安符，意近中文的剪票，日本的地鐵站常常看到這個字。

因為與母親通信閒談彼此小時候的事情，寫信時，常常用到郵票。

把信件摺好放進信封，寫上地址，拿出一次買來一大張的郵票，沿著一個個小圓孔的虛線小心撕開，變成獨立的郵票，貼上去，丟進郵筒，然後等母親回信。每次把郵票撕開時，總是要想：到底要長大到什麼年紀，才能這樣對著母親，若無其事地像在談論別人的事情般，寫著那些自己明明很受傷的事情。

比方問起母親這句話：早知道出生就把你（們）掐死算了。

說出這句話的她，是不是真的不想生？還是生了然而後悔了？

母親那時是用閩南語說的，有時她會說「出世就給汝捏捏死」，有時會換成「出世就給汝挾挾死」，前者是用手捏死，後者是用腳夾死。母親只會在棄絕喪志的時候說下這句話，像是已經工作一整天，一回家看見整屋子亂亂蓬蓬，要求小孩幫忙做個家事，坐在電視前的小孩不幫手，也沒有真的在忙什麼事情，只是拗在那裡爭著兄弟誰做的家事多，誰做得少，誰也不願多做些什麼以免吃虧。或是在工作一整天後，趕回家煮飯，有時就是有那種冰箱剛好剩下不多不少的食材，不煮浪費，組合起來又不美味的日子，勉強拼湊一桌，六十分的材料煮出六十分的餐，已經是滿分的刀工手法，但小孩子隨口一句誠實話恐怕比什麼都傷人：難吃，不喜歡，想去速食店買薯條蘸番茄醬，想吃某某同學媽媽做的焗烤通心粉，學校營養午餐都比你做的好吃。

近廟欺神，每個家裡都發生的事。

有時見母親沉默一陣，強忍著什麼，擦著地板，最後才脫口：煮飯乎恁食又要嫌，早知影出世就給汝挾挾死。

是啊早知如此，剛生產完的她，只要一息尚存，就應該兩腳往內一擠，切斷什麼孽緣般把小孩夾死。

這樣動念的時刻很多，但是到底沒發生。

但我總不明白母親越是傷心怎地卻做得越多，留一桌子被嫌棄的菜餚，又跑了出門買巷口的鍋貼和小菜，或是自己從來也沒吃過幾次的白醬海鮮義大利麵。孩子眼見母親做得更多就越發歉疚，但越是歉疚，卻越要好強地說出更傷人的話，躲開明明自認沒錯又要低頭的窘境：又沒叫你煮，幹麼自找麻煩。

同樣的話，可以套用在各個場景。比方母親替青春期的我挽面，教我打理外表，偷偷塞給我防曬乳和粉底液；有時，卻看著我的日記，擔心我走了另一條艱困的路，又拚命說服我要我出門打球運動，買很貴的、很男孩子中二氣的牛仔褲，問我有沒有交女朋友，燉轉骨藥給我吃。諸如此類母親與我的價值都不斷在腦裡打架的時刻，我總怒不可遏地吼著母親，別再做這麼多了，又沒叫你做，自找麻煩就罷了，也在找我麻煩。

像極了颱風般不斷吸收水氣、下雨、吸收更多水氣、下更大的雨。一個遞增的循環模式，幾乎可適用於各種親近的關係，各種主題子題，但我們不知道在其中三態變化的是傷口滲出來的血水，也不知道什麼時候該停止。

如果可以拿鍋蓋擋住水蒸氣，凝結成眼淚，停在湯鍋裡就好了。

很多年後，某雜誌以「讀書的女人」為題，訪問了我的母親。主角到底不是我，是母親，趁著我去上廁所時，母親似乎跟採訪記者稍微透露了心聲。等我一出來，隨口一問剛剛說了什麼，母親連同記者攝影眾人訕訕笑說沒有啊什麼都沒說，默契好得以為已經認識數十年。其實我聽得再清楚不過，她剛剛說的是：其實心底還是希望我

「變好」。我聽到這句話，但心底沒有什麼太大的波瀾，我猜想得到變好二字極為矛盾複雜的思緒：希望孩子不要這麼辛苦，又不能代替孩子活；不能剝奪孩子的生命，但這個生命卻又是扎實地從她身上伸根出去的。

要切斷這個繫連，是多麼疼痛的一件事情。比生出我的時候剪斷臍帶還要痛吧。

把這件事情偷偷放在心裡，不要在表面說了，把一些事情放在刀砧上，狠心一點，切開來，流血就流血，分出去的就出去了，分不出去的，她會放在心裡某個角落，而我也會。

撕下郵票的時候，看著兩張明明長得一模一樣的東西，變成了兩張，貼在信封上，寄給遠方的母親。

母親大概也是懷抱這樣的心情撕下郵票的。

包紮完，蘋果在時間裡氧化發黃，血漬看起來也就沒有那麼明顯，像一小塊水傷，味道沒什麼變化。

如果我是我自己的伴侶，看到這個人明明切到手了卻不先包紮傷口，好像故意展示著傷痕，我是不是也會生氣起來，質問著：又沒叫你切——不知道為什麼，總有那麼一些些時候，心裡其實希望這樣的循環可以再出現一次：聽到「又沒叫你」怎樣怎樣的，然後越是被推開，越是做更多，勾起所有負欠的感受，像是打開鍋蓋，讓淚水重新蒸發、凝結、落下。繼續用語言的刀、給予與奉獻的刀，割劃對方，刀刀都要見血。

但是他沒有。

幸好他沒有。

我想起母親，想跟她說，循環在這裡停止了。

有很多人說過這句話：愛的相反不是恨，愛的相反是不愛，而恨是愛的另一面。這話已經取代了愛是無怨無悔的奉獻一語，變成新時代的陳腐金句。然而我總是在切肉的時候想著，愛恨比較像是流理臺上的菜刀與砧板。

如果言盡至此有人遂順理成章地接：傷人的恨一定是菜刀，愛是抵擋恨的砧板。

那就錯了。我想的，恰恰相反。
比較多時候，愛是失控的那一方，以為可以解決一切事情。
很多時候是砧板讓刀看見自己的無能。
愛的無能。
我很慶幸自己看見了這種無能。

剪刀

剪紙小雞是這麼做的：拿一張色卡紙，用圓規畫圓，或是用膠帶內圈描一個圓，剪下來。把圓對摺成半圓，摺痕處當成雞的背脊，加上三角形的小雞嘴，靈巧的眼珠，扇形的雞尾，在兩側剪貼上翅膀。最後，兩瓣圓弧端放在平面上，用手指輕輕一壓尾端，剪紙小雞就會循著下端圓弧狀的弧線前後擺動，就像是在吃米吃蟲子一樣。

圖書館裡來參加說故事做勞作活動的孩子們紛紛獻寶似地給我看他們的作品。他們一個一個過來說：這是我做的小雞。聽在我耳裡都像是在說：這是我。

他們一個又一個的我，得要一個又一個地稱讚：你的嘴巴很輕巧，你的尾巴很花稍。一個孩子把翅膀剪成了方形，加上幾條歪扭的直線，看起來像是鮭魚生魚片。其實這不是她親手製作的作品，半圓形的身體是媽媽完全代勞，畢竟要讓小雞底部有完整的弧度才能維持蹺蹺板般的慣性擺動機制，但翅膀就是由小朋友自己畫設計圖，再由媽媽經手剪裁。沒辦法，小朋友剪刀拿不穩，媽媽這樣說著，畢竟才四歲，連湯匙都握不好。小朋友拿著作品給我品評，我說，你有方形的翅膀。她聽了，開心地跑回位子。一會兒又想起什麼，拿著小雞過來又要問我意見，反覆三次，好像某種信賴測驗似的，我就說了三次：你有方形的翅膀。她才開心地跟著媽媽回家了。

不要大驚小怪，不要預設答案，這是屬於她的翅膀。飛機的翅膀也是銳利的斜直線構成了四邊形，才剪得開無形的空氣，直上天際。

學會用剪刀很重要，不管是幼兒用的圓頭安全剪刀，還是大人用的不鏽鋼剪刀，每次做勞作時，我都希望教會孩子們如何控制手上的剪刀。

母親很愛用市場裡賣的紅色剪刀。

那種剪刀通常出現在十元五金行裡，雖然十元是個噱頭，只有掛在店門口的部分商品售價十元，但便宜是真的，廉價是真的，品質良莠不齊也是真的。

紅色剪刀是用紅色橡膠皮，包覆兩個握耳，前端不像安全剪刀一樣會打磨成圓形，反而刻意顯現它尖銳的樣子，喜事紅底下包藏的如此銳利的危機，簡直是出現在各種類戲劇裡最棒的凶器。而且不知為何，這類紅剪刀非常容易生鏽，用不到一個月就爬滿繡斑，感覺一扎到手就要破傷風。

每次回老家就要跟母親抱怨一次，拜託不要再用這種剪刀了。不意外的母親每次都會隨口說好啦好啦將我應付過去，但下次回去一樣看到這種紅色剪刀掛在家中各處，廚房一把，浴室一把，陽臺一把，客廳一把，臥室也有一把。再細問也無用，它們一定各有用途，剪食材、剪頭髮、剪植物、剪包裝、剪布料。只好全部款款打包起來，用報紙緊密包覆住刀尖，再用一張便條貼寫著：危險刀具。貼上，丟進垃圾桶裡。

這是大阿姨送的剪刀呀，人家一次買十把扛來，你連我用什麼剪刀都要管。母親沒有明白表示憤怒，只是讓她陷入氣惱又有些欣喜的混亂情緒統統寫在臉上。這是她從小到大用的剪刀，都是長這樣的，有一次她去文具店問老闆要剪刀，貨架上掛滿琳瑯滿目各種功能的產品，結果她一把都買不下手。又貴又難用，她說，剪刀就是要紅色這種，要尖頭的，拿來戳，拿來刺，剪完指甲清指縫，挑栗子芯，剪去魚頭魚尾，或是在存錢筒底偷挖一個洞，用壞了也不心疼。

她一定沒想過今天用什麼剪刀也要被兒子管，這種分不清是關心還是強迫的行為還真是盡得她的真傳。

剪過布料嗎？一次從家裡拿來花布，本想做成杯墊或桌巾，拿起文具店賣的不鏽鋼剪刀，卻怎麼施力也剪不斷，只是徒勞地把布料啃咬得綻開穗花般的線頭。一問才知，紗線橫豎相織的布料，如果用一般輕便的剪刀是剪不開的，一定要用厚重的剪刀，織布再難纏，再密實，兩片笨重的刀刃楔形工具仍能緊密咬合在一起，發出清爽的裂帛聲，切開過分緊密的牽連。

剪裁時，儘管兩片刀刃是緊貼著，卻是不理會彼此，錯身而過的。

做出方形翅膀的小朋友一年後學會用剪刀了，媽媽說，她現在有空就會拿紙亂剪，有次差點把隨手丟在桌上的電費繳費單也剪了，一個急忙抽走，小朋友手上多了一道口子。但傷口和疼痛也從來沒有嚇住她，剪一盤炒青菜，剪一隻行走的熊，剪一架正在翺翔的飛機，剪出爸爸媽媽和她自己的一幅畫。在舒適的握柄裡，她的手指也漸漸長出肌肉，操控尖銳的刀刃。

學會控制危險，才能剪出自己的形狀。

或許我該跟母親說，你有一把看起來讓我覺得很危險的紅剪刀。說到這裡，剪斷。

說一次就好。

濾網

第一次洗抽油煙機的濾網，是在三十多歲時。

有一天，明明洗乾淨的平底鍋裡，卻不知道為什麼有著一滴深棕色的油汙。

像是什麼上天掉下來的提示。

將身子彎進瓦斯爐與抽油煙機之間，彷彿去了一個人們不大常去的地方。唉呀，真髒。我以某種詭奇的姿勢，在那狹小空間之中，轉身，抬頭，檢視，抽油煙機那漏斗狀的濾網上面沾滿了油汙，恍然間想起八〇年代醫學研究臺灣婦女何以不抽菸也有得肺癌的風險。用手指碰碰那固著的油水，黏的，沾手程度只能令人懷疑：它們到底是如何從氣體變成液體再變成固體堆積上去的？

來不及溯及既往，眼前的問題要先處理。怎麼洗濾網呢？要拆下來嗎？怎麼拆下來呢？想起母親幾次在廚房水槽洗濾網的畫面，卻沒憶起她拆濾網的畫面。動手先從濾網下的圓形小油盤開始，輕輕旋轉栓頭，成功取下；再來，取抹布墊著手，想使勁扳開濾網，十分鐘過去了，濾網連同油漬分毫不移，倒是扳出一身汗。下腰姿勢停留在抽油煙機下方太久，簡直要練出強韌的腹肌背肌，只得趕緊抽身，上網，點開一支僅二十秒的影片，開頭跳出楷體字的文字藝術師寫著：如何拆濾網。

手，一隻。

螺絲起子，一枝。

將起子從濾網邊邊嵌入。

槓桿原理扳起，結束。

拆網子不難，難的是洗，母親沒教過這件事。把濾網放進水槽，用熱水加洗潔精泡著，十分鐘過去熱水轉涼，我一摸濾網，尷尬，蘸手的油漬幾乎不起變化，還因為加了熱水，油從固體還原成半流體狀態，變得像濃縮十倍的膠水。

總是對自己的四肢感到十分不好意思，每每望著它們，都覺得它們應該值得其他主人。雙手跟隨母親洗擦搓揉的習慣，總是蘸滿了清潔劑和調味料，日日下廚切蔥蒜，手指也天天染上菸癮般的味道，別人是菸草味，我的是爆香味。又比方雙腳，因為長期慢跑鍛鍊，它們看起來跟身體不大相襯，一套服飾買同一個尺寸，上衣剛好合身，褲子就塞不進去了。除了大小腿特別粗壯，腳底也磨出厚厚的一層皮，它們不太會流汗，也沒有味道的問題，就像一雙天然的鞋墊黏在腳底似的，替陽臺或浴室清掃時，總是一邊放水，一邊刷洗，踩到什麼髒汙或未知的生物也不大在意。

每年農曆年前，朋友紛紛分享大掃除的動態，多半是清掃房間、客廳等室內空間，多一點的就是把窗戶紗窗拆下來清洗。

小時候的過年大掃除，我負責的範圍是自己的房間跟陽臺。自己的房間打掃很快，小朋友沒有太多東西，不要的丟一丟，書桌整一整，床底灰塵抹一抹就了事，但陽臺的生物多樣性卻令我非常困擾。

臺北多雨，環山的內湖尤其潮濕，種在陽臺的植物長得好，連帶各種昆蟲也住得愜意，常有藏匿於盆栽、瓦斯桶背後和父親粗工工具一隅的樓友：蟑螂，蝸牛，毛蟲，小蜈蚣，我也曾經只是因為一個跌倒伸手攙扶牆垣時，不小心以掌覆蓋整隻，分不清是蜘蛛還是蟧蜈（讀作「喇牙」）的大型高腳生物。只待一年一度大掃除時，送走了灶神就不怕大開殺戒似的，打開陽臺水龍頭，昆蟲、泥沙、落葉、還有看不清是什麼黴菌或藻類的東西全往排水孔上的濾網堆積，拿起一枝枯枝如攪拌棒拌勻麵茶般在排水孔上攪動等水退，再一網打盡。頭幾次掃陽臺還會怕，和哥哥一起央求母親賜予我們拖鞋，此時母親正在廚房裡與抽油煙機的濾網奮戰，死命地刷著網上的油漬，彷彿不想理會我們，假裝沒聽到般，過了好幾分鐘後才遠遠喊著：在櫃子裡啦。幾次打掃之後漸也對這些流水般的屍體沒感覺了，雙腳直接踩進水裡，一邊哼歌，一邊刷去磁磚上燒金紙留下的斑斑黑痕，一邊讚嘆這些黑漬像鬼神領取現金的手印，隱隱然感覺腳邊有什麼東西就這麼漂了過去。

小時候的母親種蔬菜遇暴雨，菜爛瓜破，隨水流棄，是否也是這種感覺。神明看著地上的人們和流動的河，做大水沖走作物、房舍和牲畜，是否也是這種感覺。

對事物都已漠然，真要勉強自己說一句什麼，就只有再見。

後來哥哥從大掃除行列中早早登出，原因是什麼不大清楚，大概是青春期不喜歡跟家裡人有什麼關聯，或者純粹是懶惰不想做、怕弄髒自己。印象深刻的，倒是每每遇到什麼不想做的事情，比方家務、下廚、整理雜物，就會說「那是女生做的事情」，一句話把我們過濾在外，躲進自己房間裡。不過，每當女朋友來的時候，都會看到他整理房間整理得比誰都勤奮。

老家的廚房水槽，是到近幾年才裝上濾網的。

以前不知道有一次性的水槽濾網這種產品，母親會在廚房水槽的水龍頭上掛上塑膠袋盛裝廚餘骨頭，裝滿才會打包丟進垃圾桶，所以常引來螞蟻盤據、果蠅逡巡，稍有風吹草動，紅眼小果蠅就嘩嘩地像仙女棒的火花一樣炸飛起來，這總會讓我懷疑，乾淨清潔的廚房只會出現在同學家。很多年後他們不知道在哪裡聽說世界上有水槽濾網這種發明，在水槽口套上之後，裝到全滿才捨得丟。哥哥以前就會把垃圾丟在廚房水槽裡了，剩下湯的杯麵、餅乾外包裝、速食店的紙袋和垃圾，即便水龍頭上掛著塑膠袋，還是會順手往水槽一放就回房間去，反正打掃不是他該做的事情。不掛塑膠袋的現在，就更理所當然地棄置垃圾，而且彷彿因為年紀稍長，總是會想找地方吐痰，廚房就多了深咳的聲音。

「喂！誰叫你又在這裡吐痰！」

沒人理會，隔壁的房門一關，控訴像漏接的軟球掉在地上，咚咚兩聲，消音。

我歉然想像得到父親母親收拾濾網時的心情。

現在收水槽濾網、洗抽油煙機濾網，做慣了，好像這回事就自動變成自己的——大抵父母就是這樣的感覺了。其實，不是什麼大不了的小事，諸如此般，隨便路邊問一家人都有收滿一整個儲藏間的類似事情，晦暗的空間一進去找不到燈，摸黑磕碰就受傷，還是關起門來當作沒看到好了。不過，總是有一些東西沒有隨之丟棄，被心裡的網攔截下來。

那也是要有一定的體積吧。

髒汙這麼多，洗濾網又怎能不用力呢？

那可是在沉默裡練出的一身蠻勁。

剝皮

這是一個偏見。

比起一眼就覺得好看的蔬果，我更愛外皮其貌不揚的那些。綠南瓜、佛手瓜、麻竹筍，剛刨挖出來掛滿沙土的根莖類，老得盡失顏色的醃菜，青得光看牙根就發澀的芭樂，以及滿身鎧甲不知道該如何下刀的鳳梨。

外表看起來不怎麼樣的東西，通常需要一點耐心，畢竟，明明是食物，卻長出一副不好吃的樣子，一定常常遭人誤解吧。蔬果之中，詩人梁秉鈞彷彿最喜愛苦瓜，〈給苦瓜的頌詩〉寫：人家不喜歡你皺眉的樣子／我卻不會從你臉上尋找平坦的風景／度過的歲月都摺疊起來／並沒有消失／老去的瓜／我知道你心裏也有／柔軟鮮明的事物。另一首〈帶一枚苦瓜去旅行〉寫苦瓜有「令人抒懷的好個性」，我總想著，好個性一定是心裡的，慢慢咀嚼的，如果只長在臉上，是可怕的事情吧。

特別愛吃鳳梨，是連平淡的鳳梨心都不放過的那種愛。還在老家住時，父親會特意把鳳梨心獨立出來，切得像餐廳前菜沙拉的蔬果條一樣，與扇形鳳梨肉一起放在玻璃容器裡，一盆黃澄澄的擺進冰箱，漂亮得讓人忘記它原是渾身尖刺，就像是把手指虎和鉚釘穿滿全身，令人無法親近的樣子。離家後見金鑽鳳梨盛產，買了一顆，擱置在砧板上，完全想不起來父母是怎麼刣（殺）鳳梨的。想著既是刣，應該先砍去頭尾，接著像自己平常片開蘿蔔皮那樣，一手抓著菜刀，一手抓著鳳梨慢慢旋轉，才發現果肉上還有一個個崁入的綠皮像疣一般根本沒切掉。傳一張照片給母親抱怨鳳梨難削，她說：削鳳梨，還不簡單，五刀就削完了。

一個月後返家，父親連鳳梨都事先買好，叫我過來廚房見習，拿起刀就示範著：你看，先切頭尾，然後這樣，這樣，這樣，這樣，五刀。果皮上的鳳梨肉決絕地被切砍下來，毫不可惜地丟進水槽，這種單刀直入，他們的本性。而我大抵就是連削個鳳梨都小家子氣的類型，與人說話也總是說不到深處，就怕個人意見是把鋒利的水果刀，隨便脫口就劃得誰滿身傷，因此也難以跟誰深交。

把別人都想成皮薄肉嫩的水果，最嬌貴的想必是自己吧。

母親常跟我抱怨：我都不知道你從小到大在想什麼耶，什麼都不說，心情不好不說、沒錢不說、有交往對象不說、分手也不說，你以為你沒發作，其實全家人都在看著你的臉色。

我對這句話感冒了好一陣子，明明看別人臉色的都是我，母親更是那個把情緒都擺在臉上的人吧。

印象中，母親與父親吵架，常常是這樣收尾的：不發一語的母親板著臉，躺在床上，或坐在客廳，全家的燈只剩下神明桌上的一盞，不能熄，硬撐起來的光亮卻照得氣氛低迷的屋內像颱風雨中的燭火般飄搖，電壓燒得燈芯一個不穩，整家人就要滅掉。道歉已經無益，解釋也解釋得夠多了，束手無策的父親只好重重將頭磕上磁磚地板，或是拿膠帶纏住全臉企圖窒息自己，讓母親不得不息事寧人，既氣憤又心疼地阻止父親，把纏得滿頭的膠帶一圈一圈剝下（但卻記得在撕下沾黏毛髮的段落時狠心扯落），爭執才暫告一段落。

倒不是母親得理不饒人，父親也只是對那自母親沉默裡生出的巨獸走投無路，只想盲目止戰的自傷，那時還沒有情緒勒索四字統稱此番彼此自貶亦貶人的手段。他們爭執的內容從來就不讓小孩子知道，從片段記憶能拼湊起來的，生活瑣事，經濟，教養觀念，有很長一段時間，似乎是為了婚姻裡或許出現其他人的蹤跡而爭執，夜裡總會聽見一陣磕頭聲，接著，就是那風風火火的循環，很小的時候哥哥與我一起在和室隔間打地鋪睡覺，聽到外頭的聲響，哥哥總會冷淡地說：又來了，又在吵架，到底有完沒完。他拉著棉被往頭上一蒙，像一張厚厚的獸皮覆蓋自己亦覆蓋世界，留我一個人聽著那亟欲壓低聲響，卻又再再鮮明不過的景象。後來，哥哥和我各自有各自的房間，便只有我一個人安慰自己，明天醒來，就會沒事。

其實，隔壁的哥哥，是跟我一樣的擔心吧。

隔天，父親依舊在清晨著裝出門，我揹書包上學後，心緒被喧騰的學校和同學們沖淡。從來沒有人告訴我，若與他人爭執，我與對方該如何握手言和？退一步想，若不願與他人爭執，別與他人深交，也別說掏心窩子的話。

不說，把話包裹起來。

聽久了父親母親的文不對題的溝通方式，彷彿我也被植入某種方程式，只是，不知道自己是情緒勒索的那種？還是看人臉色的那種？多年後與長期交往的對象一起生活，總有那麼一些時候，比方擦擦抹抹、摺疊衣服、削馬鈴薯皮時，見伴侶回來也不想給個好聲好氣，照例把自己當垃圾桶，面無表情地收走對方今日一日的垃圾。恍然間想起那坐在客廳裡，被神龕桌燈照得像妖怪的母親。是了，每當我在水槽前削著蔬果，想起母親，有多少我們不得而知的時間裡，她才能把心裡的滋味往臉上一擺。

言至於此，若她讀了必然要全盤否認，相較於我，母親總要自稱自己爽朗耿直得多。

母親在我小時候翻看我的日記，我長大之後直接追蹤我在網路上各處的公開動態，按個愛心按個讚，表示老娘看過了，她說欸，我如果不看，我怎麼知道你發生這麼多事情？跟誰交往分手又怎樣？都是我肚子裡出來的，你在想什麼我都知道啦（嗯？那就別看我的動態呀）。但她每按一次，我都覺得自己像八月的水蜜桃，遲遲才擺在市場裡，已快爛熟，還一直被來往過路人按壓戳碰，看不出來裡頭的水傷，只見漂亮的外表和價格。

蔬果之中，四季豆、甜豆、荷蘭豆都是那種好吃又好看的傢伙，不過，料理之前必須捏著頭尾，順著線條把側邊粗纖維撕掉才能入鍋；否則一咬，那一縷青絲立刻卡入牙縫，本想吃一口爽脆卻只有一嘴齟齬。

此時我只想對待母親如同對待四季豆般，順著她，撕去難以入口的，才給人一頓脆口。

所以要怎麼按讚，就怎麼按讚。

你說了算。

動物醫院裡的聖殤

家裡的貓過世了，生活沒什麼變動。把前陽臺的貓砂盆清空，關上落地窗，寒冬少了點寒風、蚊蚋。不必掛蚊帳的父母睡得比以往好，卻照常清晨醒來，埋進他們心裡的貓鬧鐘仍自動響起，出房門才驚覺，對喔，飼料盆早已收進壁櫥，貓，不會再叫了。

貓過世了，母親責備我的話僅僅是：你沒事幹麼帶一隻貓回來養？養到有感情了。

來不及感受悲傷的形狀，兩人都哽咽起來。

我常想，如果當初豢養的是一株野櫻，或是一隻藍鯨，牠們是否能理解人類何以在短短時間裡多次進食？何以頻繁地睡覺，做很多決定，後悔很多次，衰老得很快，並且在三百六十五次的日昇月落後就替自己大肆慶祝？人類臨終時，野櫻只是開了幾次的花，而藍鯨也不過是在裝滿海水的泳池裡幾趟往返。

小時候養過很多動物，但沒有什麼在我手上是得以善終的。我曾將蠶寶寶整盒送進冰箱保鮮，將夜市金魚溺斃在溢滿氯的自來水中，親戚送來一對文鳥也被我放飛。接手同學養的三線鼠撐不過兩個冬天，一場寒流裡永眠，本想棄置垃圾桶中，卻還是妄自揣想動物有其尊嚴，捧著屍體走到校園某株樹下埋葬。後來同學安慰我：小型齧齒動物壽命平均兩年，就像小學生換班級一樣，新朋友出現了，就把舊同學遺落在錯身而過的尷尬表情裡，常見的事情，不要太在意啦。養三線鼠時我總在猜想牠的世界邊緣在哪裡？是埋首木屑當中逃獄般挖掘卻永遠停滯原地？還是發現籠子盡頭有座太空走道，顫顫巍巍地探險走過一遭，結果，又回到籠子當中？

一次製作刊物科學專題時，同事說，每一種生物的時間空間尺度都不一樣，我們可能覺得老鼠壽命太短，只有人類的三十分之一；相對而言，牠們感知時間的影格幀數可能是人類的三十倍。人類眼裡倏忽即逝的白駒，在老鼠眼中卻是飛得很慢很慢，慢到看得清時間的鬃毛在氣流裡飄忽的線條。

若我是一隻貓，是否也會疑惑人類的時間軸怎地如此漫長。

自同學手中接手貓仔時如同我接手過的每一種橫空出世的生物，鳥鼠蠶魚，我未曾親見過牠們的父母便僭越代其父母職，亦然盡力援護著這隻戴白襪的黑貓。成為偽父母的頭幾日塞滿育兒功課：用製作祭品般的虔誠之心紮小貓毛線球，搭造上古神廟般的考究去組裝貓跳臺，沒有信仰的人不會知道，在開罐罐倒乾乾的日課時，那份沉浸在儀式裡的全然投入可以僅憑心流之眼就判別碗中飼料一克二克的毫釐之差，即使教會小貓使用貓砂，就彷彿貓類信史上的一大發現（已知用貓砂）。

那時一切都好，因為不知道生命有死有病痛。

母親小時候也養過很多動物，至於有多少種，她也不知道。家裡用完餐後，剩飯剩菜撥進大碗，擺在三合院稻埕裡，就見周遭生態系裡雜食性動物自來圍成一圈搶食，有時是狗，有時膨鼠，有時是當年連天飛成一片的麻雀，也常是三兩隻小貓而後自動增殖成為一大群貓族盤踞，還沒有TNR的當年，貓族大量繁衍成群儼然幫派分子驅走其他生物，以致內湖某區某街某甲田地生態嚴重失衡。姊妹們只要誰捧著大碗，站在門口呼喝幾句，咪咪們自動踩著小跳步蹬蹬蹬蹬簇擁上來。是的咪咪。

似乎是老一輩的稱呼了，在阿姨們的口中，貓的學名貓仔，俗名咪咪，泛用在長輩們親見貓隻意圖靠近狎昵時，既是代稱，又是人類偽裝是貓的擬聲直譯名詞。年紀總和超過數百的阿姨們蹲在地上搭著深黑繡紋眼線看似虎豹大貓卻頻頻發出此馴順咪嗚聲（咪咪來，汝食飽未），自從母親姊妹們各自嫁人，自三合院四散至各地公寓，組成核心小家庭後，彼時還不時興養貓，咪咪一詞幾近消失，一個再沒人表述就要亡佚的意義域，直至家中養了貓，此情此景又自數十年前的記憶中召喚回這群長輩的口中（咪咪攏毋睬我）。

將貓從大學宿舍帶回家中，父親母親在未被告知的狀態下被迫接受一外來物種，儘管未曾明說卻也感覺得出他們的哀傷五階段：否認（這不是你的貓吧），憤怒（幹麼帶貓回來養啊），討價還價（我幫你養你要給我飼料錢），放棄（遂自行開車至大賣場扛貓砂），接受（敲敲飼料罐叫貓來吃飯彷彿貓是自己撿來的）。這歷程並不長，不出幾週渾名張桂枝的貓就代替外宿求學的我成為家中一分子，就連牠腳上穿了隻在閩南人傳統被視為會替主人戴孝的「白腳蹄」白襪，父母也是幾句討論帶過，到底是個說法，人類別這麼自私地都想到自己。唯獨與貓相處著時困擾了他們，聽見貓叫就以為貓餓，未曾料得倒滿飼料後牠永遠只是淺嘗一口便放著整盆乾乾氧化受潮，引得這對只懂用食物安撫孩子的父母無所適從。每每聽得父親喪氣說：都倒飼料給你吃了還哭夭？我都想插嘴干預，拜託，牠要的不只是吃飽而已。

這句話聽著彷彿是我自己對他們的埋怨。

於是十多年間，張桂枝就在數不清次數的打翻飼料盆、尿在父母親的床上略表抗議、爬上神龕與祖宗牌位睡在一起的日子裡度過。而我大學畢業、念研究所、入伍退伍、開始上班、至他鄉生活，每每我回老家，牠總是第一個自鐵門格柵伸出頭來往樓梯下睥睨探看的第一人，不，第一貓，等到我進門便噯乃一聲倒下，坦胸露腹地輸誠，無一例外。每次我跟母親告狀貓仔早就不認得我了，牠見我總是要閃要躲，不給我抓毛嚕下巴吸貓貓。但其實牠總認得，所以願意翻出貓族心中最軟的那一塊，像是在說：給你看，下次，你可看不到了。

是的，下次，看不到了。

英國一隻名為肉豆蔻的貓，活了三十二年，換算人類壽命約莫一百四十四歲。貓主人表示讓貓長壽的方式，就是寵牠，「我們想要有多一點的時間寵牠，但這只是自私的想法。」我猜想那是貓族不可言喻，不可妄自揣測的貼心，儘管活得很長，就是不說自己是故意配合著愚蠢人類的長壽。換算張桂枝活了十四年，約莫人類七八十歲，晚年牠較少打翻飼料盆或四處亂尿，有陽光的日子就躺在父親從來都不隨意讓我們踩踏卻收去後陽臺的汽車腳踏墊上曬太陽；而父親似乎終於聽懂牠的凹嗚說話不是餓肚，是得空出身邊一個位子讓牠相依相偎。

父親與貓一起看電視，張桂枝的最後一年，多像一對老友般相伴在側。

或者這也是貓族晚年所給的貼心。

我常在文字隱喻大於現實世事的牢籠裡惶惑，十年，於我是白駒過隙，於張桂枝卻不知睡睡醒醒多少日子。那精準無比的貓鬧鐘每六小時響一次，都在人類未曾注意而隨意傾倒飼料和鏟屎之中，忽略掉多少貓族的訴求：陪我玩、陪我說話、陪我打獵、陪我睡覺。

在人眼中，貓都是一樣的吧。而在貓眼中，人，都是一隻一隻的大貓。

我說得出張桂枝與其他貓的唯一不同，就是牠對地瓜葉莫名愛好，在父親母親去菜市場後回來，在塑膠袋中窸窣探索，是魚是肉都不曾引起牠半點興趣，唯獨地瓜葉總是叼出數片當地蹲坐就開吃，津津有味的樣貌，我都險些想問牠要不要拌點豬油和醬油膏，忘記牠的腎已經慢慢地衰老，無法再過濾任何人類的好意。就連偶爾買罐罐也激不起牠味蕾的欲求，只能多給幾片地瓜葉，親炙牠晚年彷彿遁入空門般茹素勝過山珍海味。

是了，因為知道病痛，反覆出入動物醫院數次，所以想起牠幼時連毛線球、回收紙都嘖嘖好吃的樣子，已經是遙不可及的畫面。

生命了無新意如人人都要搬出來的一句套語，說起來安慰，聽起來風涼。生，老，病。總有個尚未到來的崩壞已經等在門口，窺伺著，隨時都要如猛獸自陰暗處奔出，不知目標是誰。

牠最後的一句臺詞是這樣的：一夜母親接到動物醫院的來電通知貓病危了，母親趕去院內，奄奄一息的張桂枝正被抽著血，轉頭看見母親來了，日常般哼唷了一聲，像是在說，你來啦，那我走了。

那隻黑毛白襪，總被說成是要替主人戴孝的貓，此刻卻先行離開了。

母親說，牠一定是在等我吧。

她將貓抱在懷中，如是平靜，安詳。

我能想像那畫面。
一幅動物醫院裡的聖殤像。

破病

閩南語說破病（phuà-pēnn），病是用破的，像是在說人的身體如器物，生病即毀損，器物破去，身體破病。

如何毀損一具身體讓它破病，其實不算容易的事情。

隔天又會見到討厭的科任老師了，只好想方設法破病，聽長輩都說著涼會感冒，就在浴室裡裸體沖洗冷水，等待自己在短短十分鐘內就破病。意外的是，不知道是我的抵抗力遠比自己想像的好，還是我根本搞錯了致病方向。我並沒有因此感冒，只是身體面對寒冷時的恆定性機制而發起微熱，感覺到這樣的變化像是中獎般趕緊跟母親說，我身體不大舒服，好像生病了，心裡暗暗希望能兌到病假這個大獎。母親摸著我的額頭，發呆半晌，只冷淡地允諾，明天請個病假吧。

當晚，沒有生任何病的我睡得可香甜，但越假的戲，越真的做，一醒來還是謹記要倒臥在床鋪上皺眉假痳。被母親帶去看醫生，耳鼻喉科診所在學區開業十年，醫生對這類假病真懶的小孩戲碼也見多了，輕描淡寫地說沒有很嚴重，只是鼻子有點分泌物，開了一兩顆不知道是維生素還是藥的東西就讓我走了。

誰的鼻子沒有分泌物？想來這句必定是家長與醫師之間的暗語，唯獨我以為騙倒了所有人，沾沾自喜吃完藥，目送母親出門去工廠上班後，就在家忙著發懶罷了。

這週沒有見到的討厭的老師，下週要故技重施，卻被母親阻止了。

「你真的破病的話，我會很煩的。」

是啊，真的破病時，她會很煩的。

小時候生病發燒，總是會做詭誕的噩夢，比方在半夢半醒之間，總是感到棉被變得像是午後雷陣雨的雲層一樣厚重，還發出密閉空間裡的潮濕霉味；或是黑色背景的視野裡，眼前只浮現一個蠟製頭像，前一秒還光滑飽滿，下一秒就裂解成碎塊，畫面反覆循環播放。真的破病的夜晚，總是在這樣夢魘囈語裡度過，像是腦袋破了一個小洞，裡頭四處漫溢的傳遞物質讓電路板短路，接通了往地獄的頻道，收到這樣可怕的電波。

在快掉進夢的地獄時只能勉強起身，到臥房裡跟母親說，我的棉被好重好重喔。

孩子沒頭沒尾地說棉被變得很重，伸手一摸真的滾燙如沸，只能拆開醫師開的退燒藥包讓孩子吞吃，換一條保暖但輕便的毯子覆蓋。母親每個小時都得來巡看一次，摸摸額頭，餵我喝水，擦汗，拍拍背後胸口安撫，或是再加一次退燒藥。隔天，母親向工廠主管打電話告假，等我破病之處被修補好，就換她破病，結果還要拖著病復工上班。

其實沒有什麼母不母愛，只是做工的丈夫在一旁問一句：細漢的感冒有比較好吧？下一秒就呼嚕大睡了，日子於是乎平添一樁只能自己處理的煩惱。

中學後就不常被這樣照料了，跟母親要個五十元一百元，拿了健保卡就自己去診所找醫師。不是假病，所以藥包裡的顆粒跟綜合豆零嘴一樣多。夜裡訓練自己在發燒時看到的畫面都是幻覺：嘿，幻覺你來啦。比起看到課本，看到奇怪的畫面還令人欣慰些，吃完藥比平日睡得更好。儘管如此母親還是會過來探探我的額溫，在床邊擺一杯溫開水。從幻覺裡抽身的我說，沒關係啦，讓我睡吧，明天還要去學校。

二〇〇三年，疾病像墨點一樣在各處暈染開來，稱為SARS的急性呼吸道症候群有很多畫面，但沒有很多資訊，看到醫院被封鎖，餐廳停擺，哪裡有疑似患者，拉起有形的無形的黃色警戒線圍堵。院區的窗戶玻璃很像醫院的破洞，有醫護人員堅強舉起標語說自己會挺下去，也有醫護人員無助地寫下幾個大字，說自己像是被世界遺棄。一個一個我叫不出名字的，說不出來誰是誰的首長官員，走進被封鎖的醫院又走出醫院，被大批記者圍繞。當時的攝影還常用閃光燈，一閃一閃像是觀眾的眼睛，大家都在看，都在等，等這場被疾病弄破的什麼，何時會被縫補起來。

起初還是中學生的我對此一點警覺也沒有，除了填寫很麻煩的健康紀錄表，一排有沒有發燒流鼻水從頭勾選著「無」，勾到尾，一碗N95口罩戴了好幾天也沒換過，直到死亡案例與病例足跡自破洞中蔓延開來，終於願意好好量測體溫，觀察自己身體的哪裡有漏洞。回家後，母親拿了幾個口罩過來，一臉擔憂說，你自己要注意啊，哪裡哪裡不要去，再多的她也置喙不了什麼，皺著的眉比她的叮嚀還有戲。

其實也不知道還能注意什麼，只知道別人破病了，只能把自己覆蓋得完全，然後再也聽不下她的囉嗦。

說是破病，不如倒過來稱病破。疾病到底打破了什麼？空氣裡似乎洩進一股高壓推開彼此，讓人與人保持一定的距離。

十七年後一種新的病毒出現，當訊息從網路上破洩出來，從起站到終站，網路速度比十七年前的光纖寬頻不知快上幾倍，其同時，焦慮也與時俱進地呈指數成長。便利商店和賣場的口罩被一掃而空，奇貨可居時，我開始擔心起從事醫療工作的伴侶，人的孔竅是病與流言的破口，醫院的大門也是一個破口，進進出出的不知是人是病，還是我的疑心。

疫情爆發過後一兩個月，國外的擴散速度方興未艾，國內已經獲得控制，人們開始上街，去餐廳吃飯、看電影，應該安全無虞地偶爾拿下口罩，讓身上的破口暫時暴露，換氣。看起來可稍歇安心，不必日日都用消毒水擦拭家具，伴侶卻在此刻不知為何生病發燒。既身為醫師，他自己開藥給自己吃了睡，旁人如我也無法置喙，只能在一側遞水、擦汗，拍拍身體哄他安心睡去，等待免疫力自行修補身體的漏縫，其餘的，我無事可做。

在這種無能為力的時刻，母親，我想你了。想聽你對我說，不要害怕。

杉浦日向子的繪本《百物語》裡記載一則故事，幕府時代在長崎商館工作的武士福井因為思念江戶老家的母親而病倒，長官就替他找來懂得「甲比丹奇術」的施術者，試圖排解福井的鬱悶。傳聞中，甲比丹之術的施術者會在水盆裡裝滿水，讓受術者臉浸入水中，睜開眼睛，就能看見困擾已久的問題癥結，或日夜思念的人事物。半信半疑的福井依指示在水裡張開眼睛，一看，果然看見老家的母親正低著頭，縫補破洞的衣服。許是心有靈犀母親突然感覺到什麼，抬頭一望，與穿過數百里外的福井四目相交，就在此刻，福井忍不住離開水面呼吸換氣，遠距離視訊般的場景遂到此結束。

福井的病不藥而癒，回到江戶時，母親將這件荒唐的事情告訴了他，以為自己眼花了，看見自己兒子的臉出現在院子樹梢上。

福井卻說：您當時縫的，是我以前穿的那件麻布衣裳吧。

那穿過時空看見的，其實只是在一旁愛莫能助地縫補。讓病好起來的，是破病的自己。

破病之於病人是身體如器物毀損，之於旁人，是容器破洞。在意的人生病了，自己心裡就像破了一個洞，盛裝不住的事物流洩出來，都是害怕。只能用杯子一次次裝滿溫開水，讓其他器具容納自己過多的憂慮，安靜等待一切好轉，或是，等待最糟的結局來臨。

這是需要勇氣的。

我想念的，是總能懷抱這種勇氣的母親，替自己縫起害怕的漏洞。

我們一起縫補這破洞。

死前不停許願的我們

某年選舉暨公投日的隔天，我與許多人一起寫下遺書。

那是個奇怪的日子，天氣陰暗，街道淒清，城市像是倒入大量明礬，喧囂雜質般地沉澱到底，盆地裝滿澄澈但摻有一絲怪味的水。我們呼吸，飲用，什麼都知道，什麼也不說。公園剩下慢跑者兜著圈子跑，像人兜著日子轉。昨夜的熱情延續不到天明，曾經集結的人們都散了，只有粉紅的紙糊在暗巷的牆上，高調地謝票。

會和許多人一起寫遺書，是緣於參加一場預立遺囑工作坊。出發點很簡單，如果不想死後那些過往的日記或情書被貼在社區公告欄，尤其常覺得人生無望，該安置的處理完再瀟灑離開。因此與會者臉上都帶著悲喜交集的奇怪神情，彷彿昨日剛往生，今日在陰間碰頭了互相苦笑致意。

主辦方請來律師指導如何寫下有法律效力的遺囑。是的，遺囑，而非遺書。內容包括繼承人財產分配、遺贈處理、執行人、日期、簽名，最好有公證人證明此份文件效力，免於一片真心落得只是一份隨意起草的玩笑話。律師說，如果還有想說的，像是勉勵子女的話、家訓、對配偶的告白（或道歉），都在後補列，否則將遺囑寫成雜沓文章，遺囑變成閱讀測驗，人人各自詮釋死者與自己的情感，會令人困擾——至此，我發現自己可託付的財產極少，想說的那些於法無據，比較像願望，只是在死前許下的。

我們都在死前不停許願。

我最後寫下一行字：請將瑜伽墊交與我的伴侶使用，請用它做核心運動，省時省空間。尤其每每聽見他睡時呼吸促止，都要擔心身為醫者的他卻是最欠缺看顧身體的人。但我猜想律師會說：立囑人即便限定遺贈使用方式，你怎麼知道對方是否遵照你的遺願使用該物品？更何況只是塊便宜的折疊式瑜伽墊。

請將瑜伽墊交與我的伴侶使用。至此，背後藏了一句沒說，像生日吹蠟燭許願，說兩個願望給在場的他者聽，賓主盡歡，唯獨第三個留給自己。不說的，才會真的實現。

許願對我而言似乎是生死交關的事情。

幼時第一個收到的生日禮物是父親送的小叮噹鬧鐘，生日前被父親問想要什麼禮物，我訕訕說要小叮噹。小叮噹的什麼，沒說，一道填空題，父親填答。父親示範調整背後的齒輪設定鬧鈴時間時，那種站也不是，坐也不是，把玩掌心的鬧鐘的興致，好像是他買給自己禮物般的開心。

他那坐立難安的開心，是父親對我的詮釋。

到了隔天鬧鐘並沒有叫醒我，起床看鐘面滲滿膠水，從機芯灌進的。我並不難過，只是盯著那停滯在生日最後時刻的指針。夜裡父親自工地返家問我鬧鐘如何，我搖搖頭，他看到灌滿膠水的鬧鐘，問出是哥哥所為，就撒氣地把鬧鐘摔在地板上四碎。母親收拾，哥哥躲回房間，我因為害怕父親生氣的樣子而哭了。如果有時光機，我真希望復歸到生日之前，那時，我半點願望都不曾說。

當年小叮噹尚未正名為哆啦A夢，鬧鐘變成垃圾後，我還是看著未經授權的十元小叮噹漫畫。隔幾日我就有了新的龍貓鬧鐘，是母親帶我去買的。母親早就發現哥哥書桌上從來不用的膠水忽然少了大半而得知灌膠凶手身分，只是不說；做球般要丈夫偶爾當個慈父來問我想要什麼禮物，背後的她也閉口；這回的龍貓鬧鐘是她的私房錢，更不必對誰說。

家裡一直都是過農曆生日的，只要誰的生日將近，母親就會煮起豬腳麵線說給某某人做生日，豬腳麵線一碗肥滿，像拜天公的供品。上學後得知同學都過國曆生日，會怯生生地在早自習發起乖乖桶。大家傳著軟糖，熟門熟路地唱著各種語言版本的生日快樂歌。我被分到一顆摻了香料色素砂糖的軟糖，羨慕又怨懟著哪個小孩愛吃麵線做壽？隔年向母親要錢買乖乖桶，桶子裡裝滿一整份緊張忐忑，隔天到校不敢跟老師提起此事，兀自提著鐵桶直到放學。眼尖同學發現繽紛乖乖桶，問我是不是生日。我趕緊否認說裡頭裝的是跳繩啦，尷尬得像是胯底褲子破了夾著雙腿小跑步回家，躲在觀音桌底下，心底癢癢便打開乖乖桶吃了一顆，真好，多年來失去的祝福一顆顆裝在桶子裡釀成甜酒了，一個下午吃乾抹淨，許願明年還要吃到乖乖桶，這樣一輩子值了。

多年來我不意欲提起自己生日，總是對他人的餽贈退避三舍，但難免被逮著，在眾人圍繞之下，隨口謅言世界和平眾人健康交差，只在心裡對自己說：希望明年還能吃到生日蛋糕。深怕多說的願望被摔碎。

我的時間好像跟著停滯的指針，在生日的最後一刻膠封。

中學一次校外教學，被人潮灌滿的遊樂園裡，我和一個平日一張壞嘴，成天說別人娘娘腔的男同學一起排隊，等著搭乘一種會高速旋轉的飛碟狀設施。

我望著告知排隊時間的告示牌默讀倒數時間，他見狀頻頻嘲弄我：死娘砲沒卵葩不敢搭就快滾啦！越靠近入口，罵得越帶勁。對此我早已習慣，也不以為意。直到坐上飛碟，扣下安全扣環，不饒人的嘴也陷入沉默。他撥開我握緊安全扶手的掌心，握著，像是命懸一線。飛碟飛旋而起，尖叫聲也隨著舉臂擺盪漫天飛揚，嘈雜聲中我恍然聽見他喊我的名字，像是對情人告別，說：如果有下輩子，我們還要在一起喔！

我不明就裡，只感到隔壁的他雙手發寒盜汗，於是輕輕地握著他的手一下，兩下，傳一句話給他。他在失速中漸漸閉上雙眼，安靜下來。不知道他聽見了沒。

舉臂盪到最高，叮叮咚咚的聲音接連而起，乘客口袋裡的零錢都往下掉落，是不是該伸手在空中撈幾枚零花買個熱狗爆米花呢？念頭一閃，從天而降的幸運總是抓不住，掉入設施底盤。飛碟似乎也累了，趨緩，將地球人放生前，我見著自己一手抓著安全把手，另一隻，我仍握著他的手。

安全扣環嘶地一聲解開，人潮四散，我眾裡尋他，他早早奔出柵欄，往排下個隊去。柵欄裡的我凝望著他漸淡的背影，想著幾分鐘前失速飛行時的承諾。

真好，他就這樣平安地往前走了。我莫名擁抱著一股暖意，像是將存藏多年的乖乖軟糖分了一顆給他，餵養他的時間。

我常想起這件事情，尤其在某朋友病床旁、老師過世的告別會場，以及枕邊伴侶睡得安穩，毫不知覺醒著的我已經盯著他多久，時間似自永恆凍結般的當下，安眠的人，或許都需要這樣的凝視吧。像神桌上，知曉世事的觀音，神桌下，一桶只剩透明包裝紙的乖乖桶，母親都看見，安靜地收走。

我在遺囑寫下：請將瑜伽墊交給我的伴侶使用。其實，我寫過很多其他的，比方請將書贈與他，讓他在字句中尋得我的身影。或是留下穿過的衣服，蓋過的棉被，讓他憑藉氣味記得我的樣子。但我何必被誰記憶？一朵花謝，還在的人用時間照料另一朵花。別這麼自滿地在別人生命裡留下大寫的我。

他常覺得奇怪，我對他期盼很少，情人生疏得像陌生人。問我生日有沒有願望，我思索半天，說，運動吧，瑜伽墊借你，既然醫務工作忙，就做效率最高的核心運動。

以為關係穩定，戲稱幸福肥其實只是年紀漸長疏於講究外貌，是而他將此請求解讀成我對他身材走樣的暗諷。我佯怒說：欸，我很怕孤單耶，你得活得比我久，我希望死前你在身邊看顧著我——其實有句話被我藏了起來，不說，暗自贈與他。

那繼承自母親的眼神，神明般地觀看，餵養。

那是選後一日，在呼吸總帶有一絲詭譎的平淡裡，我們歷劫返生，每日都似來世。我只看著他，在瑜伽墊上氣喘吁吁地撐起身子，像一株樹，在一坪地上，堅毅地站立。無論來世是否是我在側，他都能往遠方伸出枝枒，長出新葉。

做人

壞色之人

大學的時候，有一位同學是來自韓國的比丘尼，總是穿著一襲淺灰色的僧衣，在紅紅綠綠的青春大學生中，默默成為空氣。

我和她並不熟識，除了同學的身分之外，就沒有任何交談。有次上課前，她突然坐到我旁邊，要我把手掌打開給她看。

我不免起疑，出家人難道還會觀象占卜？會像公案那樣說出一句點醒我一生的偈語嗎？

「你啊，煩惱太多。」她指指我手掌上複雜的紋路，只說了這一句。複雜的手紋讓一向和氣安詳的她也皺起眉來，我的煩惱造成她的煩惱，我很抱歉。

我從來沒有想透她這句話的意思，煩惱多，是指這個世界造成我的煩惱多呢？還是我自己總把事情往死裡想雜了？這句話沒有點醒我，卻像點了一道印記在我心裡，平添幾許煩惱。跟家人爭執，想著是他們折磨我，還是我太把生活齟齬當成一回事？

跟情人分手，想著是他不懂事，還是我把未來的事情想太全太滿？

十年後，公司附近的警局旁，固定會有個出家人，在上班族魚貫覓食的中午佇立局外，閉著眼，托缽化緣。

每次經過時，我也會慢下腳步。街道是正黑搭正白的套裝人群，唯獨他的壞色袈裟特別顯眼，對來往人群低眉念禱。這一天我特別想捐些香油錢，打開皮夾一看，只有一張千元大鈔，煩惱著一千元是給不出去的，我沒那麼慈悲，但總不能給一千還要他找我九百。

我繞去買了午餐，找回八百七十元，把銅板放進口袋，用手掏玩著。折返的路上忖思著該給他兩個銅板吧？三取二的數學問題，三分之二的機率會掏出六十元，應該不致彼此失望。但經過他時，我掏出兩個銅板往裡頭一丟，低頭一瞧，他也跟著我低頭凝視，就那麼不偏不倚地，二十。他和我抬起頭，四目對視，不知道為什麼他大喊了：阿彌陀佛。聲音像遠方深山裡的鐘聲，穿過林子，直達凡塵。

彈指頃刻，三十二億百千念，念念都像束縛咒語成形。

我後悔了，緣沒有化掉，愈結愈多似的。僧人大喊阿彌陀佛，到底是要告誡我：

給得太少了，化緣也有行規的。還是要安慰我：沒關係的，我了解的，希望你平安喜樂。

我又沒猜透，只得像個罪犯倉皇離開現場，隔日再回犯罪現場，他仍佇立低眉，可我總覺他目光睜睜看著我，身上穿著那襲壞色袈裟。

佛教律制裡說修行人著修行衣盡皆「壞色」，壞色有兩種解釋：一說修行人不得穿顯色、正色的衣服，只能穿青、黑、木蘭三種濁色衣物。另一說則是在修行衣上，用壞色點上色漬，稱做「點淨」，讓穿者時刻記得自己是修行人，來到塵世要拋卻塵俗。

想起那比丘尼同學在我身上點的印記，應許就是我的壞色。她要我記得，諸事莫細究人我之間，如著壞色之衣，不要事事純粹。修行人且化他的緣，我只是伸手進口袋裡，撈起一點命運，交給了他誦該誦的經。

男人的手指

有人稱讚我的手指很漂亮。

因為優點已經寥寥無幾，被這樣稱讚時，除了覺得十分不好意思，還感到意外。十隻手指頭先是像含羞草受到驚動時般緊縮握拳，接著慢慢把指頭部分朝上，張開，看著那嶙峋的指節只想到長腳蜘蛛。不禁為對方倍感抱歉，大概是沒有別的地方可以稱讚了，只能如此費心地硬是在我身上描繪出一個可以勉強褒獎的特色。

「纖長的手指很令人羨慕。」我常在女性友人口中聽到這樣的描述，但我沒有聽過任何一個男性友人稱讚我的手指。很不想這樣依照性別劃分人我之間，但的確，即使是指甲超過數週沒剪，也從不曾引起他們的注意，彷彿男性不會對他人的手指感到興趣。對他們而言，香菸，戒指，車鑰匙，手機和手錶，手指以外的事物才是畫面的刺點。

還有友人向我抱怨：就算做了水晶指甲也只會被別的男人問，那你怎麼用牙線？

擦屁股？剝橘子？

男性對手指特別敏感而興致高昂的少數時候，大概只有談到加藤鷹跟真崎航的時刻。還有，翹起小指頭的時候。

總是在電視裡看到藝人翹起小指頭就以為自己在模仿男同志，有時都想私訊他們：真的不是這樣的，你身邊恐怕有很多你自認是朋友的同志但其實他們從來都沒翹過小指頭，甚至他們的手常常是因為舉啞鈴拉單槓而長滿粗繭，只是很善良貼心地沒跟你說「你的模仿很爛」罷了。

當然，還有另一群會翹起小指頭的異性戀男性，覺得這樣的模仿很無聊，悄悄地轉了臺，你也不知道。

這是此刻的我才能這樣想的，畢竟，總是會記得小時候的校園裡，天天覺得教室有個隱形的獸夾掛在天花板上，等著誰不小心翹起小指頭，立刻打開血盆大口地咬齧。每每拿起剪刀膠水，或是要摺紙、塑形，都要提醒自己，別翹起小指頭，不然就會變成獵食的標靶。

小學教室裡有一架腳踏風琴，放置在教室最前端，有時充當老師的講臺之用。一個空間裡有一個樂器是多麼快樂的事情，那時的小學總是有很多不知道怎麼打發的時間，風琴就像個大型點唱機，只要老師一站上臺，搬開風琴上的講義和粉筆盒，掀開琴蓋，坐定，纖細修長的大手隨意鍵入幾個和弦，就能唱掉一節課的時間。

下課後，學過鋼琴的同學之一就會躍躍欲試地走到臺前，一樣搬開粉筆盒、籤筒等雜物，掀開琴蓋，坐定後踩起腳踏板，在大家的矚目下張開雙手，按下和弦，風琴是發出聲音了，但卻跟老師演奏的有那麼些不同。同學解釋著自己的手還太小，沒有辦法彈老師會的和弦，還認真地張開手指給大家看，從大拇指到小指的距離叫做跨度，跨度越長，能一次掌握的音階越多，就能駕馭難度高的樂曲。為了訓練這種跨度，有的學琴者會刻意每天把手張開到最大的幅度，使得指縫連接處總是輕微裂開而需要塗護手霜保養，甚至也有聽過有人為此特意去做手術。

我想像不到，什麼手術才能把手掌的跨度加長，難不成要把指縫間的U字形自凹處剪開？

怎麼想都只浮現吃雞腳凍的畫面。

其實並沒有特別在意同學說的跨度問題，只是覺得學彈琴的人十分優雅，心心念念想要自己也成為那樣秀氣的人，一回家就跟正在做家庭代工的母親也吵著說要學鋼琴，不然，學風琴也是可以的呀。當時我未曾注意自己的胡攪蠻纏，晚餐時在飯桌上用手指假裝彈琴，在書桌上畫一張黑白琴鍵以為虛擬實境，甚或沒事就像彈兩次單音般問兩句哪裡買得到鋼琴？鋼琴多少錢？其難搞程度，想來是注定一輩子沒辦法變成那樣氣韻非凡的人物。

母親皺皺眉，沒多說什麼。一週後，家裡出現了口風琴。

就是那種長方形琴身接著一根塑膠管吹嘴的，琴，也是有著鋼琴的按鍵，和腳踏風琴一樣靠風力驅動，還能隨身攜帶。母親很聰明。

自學過吉他的母親對音感頗有自信，即使一輩子沒摸過昂貴的琴鍵，卻還是靠著耳朵辨認出了音階，並幫我在琴鍵上寫下數字標記，方便我自己看譜摸索演奏方式。還撂下一句話：恁阿爸開一千箍買的喔，買了就好好啊學。卻不想我完全沒繼承到母親的樂理天分，不僅看譜出問題，指法也無人可諮詢，想要有樣學樣地張大手掌彈起和弦來，但同時吹響幾個音，送氣量也得加成上去，到最後優雅不成，肺活量低的我反倒吹得臉紅脖子粗，總以為這是人生最後一口氣。

在沒有人的午後，眾弦俱寂，我是唯一的ㄆㄧㄚˇ音。不到幾天，口風琴就被我棄置在神龕底下，變成雜物俄羅斯方塊之一，且永遠消除不掉。那時起我就知道我與音樂澈底絕緣，連口風琴這類簡便樂器按幾個音都成問題，就也不必貪圖小提琴、長笛這類要拉扯弓弦或複雜指法的樂器。

更何況是價格不菲的鋼琴，樂器、家教、調音，錢才養得起的氣韻。

手指再纖長都跨不過那個隱形的坎。

很多年後我發現自己誤會了，朋友說羨慕並想擁有纖長的手指，未必是要用來演奏鋼琴。她們說：手很大，看起來很有安全感，自己也想要這樣。我抓錯了關鍵字，彈鋼琴的音程跨度不是重點，修長好看也不是文眼，主旨更不是安全感，重點是掌握。

自己掌握著的安全感才是真切的事物，將他人給的握在手裡，不知道什麼時候要溜走。

畫在自己手上的才叫指甲彩繪，畫在他人手上的，都是樣本。

在手中彈奏的才叫自己，其他的叫MP3。

想到那時候回家跟母親表達想學鋼琴一事的我真是太勇敢了，要是真的學了，我還不立刻在教室搬開粉筆盒、籤筒、講義跟藤條，坐在風琴前沾沾自喜地張開手指，用最誇張顯擺的態度表演著學音樂的孩子的氣韻嗎。

這樣迷途的無知小獸，屆時一定被教室裡的捕獸夾啃噬失血到死吧。

母親的妹妹，四阿姨家裡也有一架鋼琴。一次拜訪時，四阿姨顯擺似的要表哥演奏一些曲目給我們聽。表哥只是一陣尷尬推託，彷彿怕別人知道他也有學鋼琴那般，好不容易被阿姨拉到了鋼琴前，卻迴避不及地說自己沒有學得很好啦，只是會彈一句多寡糖飲料的廣告旋律。他仔細用右手的前三指鍵入五個單音，立刻尬笑著結束這一切，把阿姨推開，拿起羊乳片問我們要不要吃。但我的目光總是落在那學過彈奏指法的手，撫摸琴鍵時，那力道精準地切斷音與音之間的步伐長度，而尾端的小拇指自然悠閒地停在半空之中，像湖上滯飛的蜻蜓。

有一天看到電視裡播放知識型綜藝節目，研究指出，人類不分性別，都會在某些時刻翹起小拇指：像是拿麥克風唱歌的時候，執粉筆時，拈花時，下棋時，揀拾細小渾圓的物品如零錢、彈珠、藥丸。因為手掌前三指是一條神經，另有獨立出一條神經連結了小拇指與一半的無名指，讓人可以更好控制指頭，利用前三指做出精密的動作，而後兩指則用於平衡，或避開目標物外的接觸。

摘、取、剝、揀、拾，無意間翹起無名指跟小指頭的舉止，就連執筆這般精細的手部動作也不例外。每每寫「筆」這個字時，不免都覺得此字造字思維已然穿越時空和解剖學的研究，中間象手之形的只有三根指頭，就是如此，字才寫得靈巧自如，若要五隻手指都握在筆上，那就要寫得像小孩子一樣吃力了。

後來我成為寫字的人，是因為寫作這門技藝所需成本之低廉，另外，也是因為放不掉那一份特殊的氣韻。

果然是窮書生的手指，又瘦又長，拿得起的，大概就只有筆了。

黑金剛

吏部侍郎薛道衡遊鍾山開善寺。謂小僧曰：金剛何為怒目？菩薩何為低眉？答曰：金剛怒目，所以降伏四魔。菩薩低眉，所以慈悲六道。

——《太平廣記》

母親總愛帶幼時的我去市場買菜，一回在菜市場口遇到賣蒜頭花生的攤車小販，戴著僅露出眼睛的遮陽帽、騎機車用的遮陽手套的阿姨，大抵是買客少，阿姨已經和隔壁花店老闆聊起天來，沒特別在意誰走近。「黑金剛花生」幾個紅漆大字寫在瓦楞紙板上，用截斷的衣架穿過，掛在攤車旁隨風撥弄。

乾燥好的黑金剛最是美味了，自稜線捏開花生殼，嗶裂一聲，三顆紫得發黑的纖長花生仁靜靜躺在殼中，散著太陽曬在旱地上粉香粉香的味道。每每嚼在嘴裡，感覺黝黑的花生翻滾，碾碎，加入口水研磨成泥在舌尖撥弄，呼吸滿是花生的空氣，之於我來說世界上最幸福的工作唯它無二，就是成為一臺花生醬研磨機。

父親是個嘴饞的老孩子，每每買來花生瓜子一類，沏一壺香片，搭影集新聞，或是獵豹追捕羚羊的動物頻道邊吃邊看，三日內只得殘殼。黑金剛的價格比一般落花生貴兩三成，因此這類零嘴母親不常買，也不願多買。眼見攤車上纍纍一包標價一百二，貴唷，我暗自在心裡撥起算珠，料母親應如是。但這次不知為何卻踩起鬼祟腳步拉著我走向前，抓一包起來檢視，對著從談天裡回神的小販開口說：囝仔欲買乎伊老爸食啦。

說是我要買給父親吃的，一副像是不干她的事情般的口吻。

小販阿姨用眼光打量我，卸下盔甲般拉開面罩說：真友孝。好啦，兩包兩百。母親迅速掏錢，接過小販手中紅白塑膠袋裝的黑金剛花生兩包，遞給我，還不快點跟阿姨謝謝。她的急忙催促，像是要把一齣戲演到底，最後一句重要臺詞說完才好謝幕。

年幼的我還搞不清楚狀況，僅只點頭致意，旋即被母親拉走，繞了好大一圈才回到小綿羊機車停車處，彷彿多逗留一會就會因為我蹩腳的演技而露餡。夜裡父親工事後返家，見桌上兩包黑金剛，自己吃了起來。今仔日有土豆食喔？嘿啊，菜市仔買ㄟ。一旁的我聽著日常對話，裂殼音像逗點一樣一聲切開一個語句，看著花生被父親壓裂，長滿粗繭的雙手剝出一顆顆黑到發紫的黑金剛像寶石一顆顆拋物線丟進嘴裡。他恐怕不知道，在銀貨兩訖，小販把黑金剛花生交到母親手中，母親把花生遞給我的那個當下，我肥軟的小手承接了什麼重量。

那個重量，是母親全然交付予我的，她的小奸小惡。

我一向喜歡那些小奸小惡，在無人知曉的狀況下無聲地與他人角力。像是在菜市場翻弄食材，大白菜秤重前剝去老葉減輕重量，用指甲摳蘿蔔確認水分，甚或趁老闆不留神偷捏楊梅和葡萄試吃，沒被發現，不買；被老闆發現，還嫌貨兩句，企圖拗個折扣買個意思就走。與談得很來的對象在數日約會見面後，突然三五日避不見面，不讀不回，測試對方反應是否探底，著急起來的心性不夠穩定，不聞不問的也不必理會。大抵我與母親對付菜市場裡的老闆都是這樣欲拒還迎的，等待願者走入迷陣。

這個年代（是，特此註明「這個年代」，以防再過數年時移事遷就不是如此了）人們都愛把人情味掛在嘴邊：老街有人情味，夜市有人情味，文創最有人情味，好像作為抵抗無情現代什麼的性質，符咒般貼在身上，只讓別人知道這個人怕鬼，吃軟不吃硬罷了。每每聽到說菜市場有人情味我就直要笑，想著說話人若非太天真，就是太少混市場了。既是買賣，人情味也只是一種貨幣，一種交易籌碼。想要菜販送蔥給你，就多買幾顆梨山高麗菜吧；想要賣海鮮的送九層塔給你，當然，接過一大袋水水綠綠的，以為買到一百元文蛤還多得一把九層塔，其實只是買到九十元的文蛤、五元的九層塔，另外五元，是老闆的熱情微笑。

五元買到的人情味，獨有一股暗香，一般人聞不出來。

大概只有懂得小奸小惡的人才能在這世界不吃虧又不失禮貌地生存著。

印象中小學一次生字小考，隱約感到目光自側邊而來，我便索性寫錯幾個生字，交換改時就見他與我錯的都是同樣的字，同樣的筆誤，我們同樣得訂正數十遍，莫名有了同歸於盡的快感（或是歸屬感）；也有我作弊偷看別人答案的時刻，但也未必全看，看了想看的某一題，抄下來，好奇再看下一題，暗笑同學怎麼錯得這麼離譜，我沒抄，只是可憐同學：有得你罰寫的份了。

善與惡，好與壞，拉出二維軸度，四個象限，小時候的我常常在測試線裡線外的分別。

幼時常去的家庭理髮店也有黑金剛花生。理髮阿姨在店外玻璃門貼著：大人一百，學生五十，洗頭五十。猜想她收入應該還不錯，店裡總是有完整期數的《寶島少年》、《自由時報》、《聯合報》、《民生報》各一份，以及放在小茶几上的茶水，還有一盤黑金剛花生。家庭理髮不流行預約，大半的客人，尤其來推鬢邊後緣的男性客人都是臨時來臨時等，一邊翻看報紙漫畫一邊吃花生，偶爾也會看到老伯伯把菸蒂熄在花生殼裡，冒出彷彿農地燒稻稈的氣味。

我總是挑人多的時候進店裡，臉上撲滿白色水粉，唇上抹著豔麗桃紅色口紅的阿姨就會露出感謝混雜著尷尬的臉色說：愛稍等喔。

我點點頭表示同意，沒多說話，靜靜從小矮櫃裡拿出《寶島少年》，坐在綠色膠皮椅上，趕進度似地翻看。輪到我時，常常已經是半個小時過去了，而理髮也不過是十分鐘的事情。

一回父親回到家，沒有大聲嚷問小孩子吃飯沒，也沒有先去浴室把帶滿一身工地髒汙的衣服換洗，只是先躲進臥室裡。母親隨後跟上探問，交談聲越趨細碎，聽得幾個關鍵字：減薪，學費，開銷。父親在哭，母親在生氣，很小很小的聲音，聽得很清楚。

有一些大事隱微地發生。

幾日後，家庭理髮店外玻璃門的標價也改了，大人一百二，學生八十，洗頭八十。我比以往更匆忙地看完兩本寶島少年，把剩下的花生也吃得一乾二淨，才坐到理髮椅上。我是最後一個客人了，阿姨替我圍上塑膠圍巾後，先把打烊的牌子掛在門上。回來時，我頭也不敢抬地對阿姨說了半個謊：我爸爸，失業了。

其實是想說減薪的，只是覺得減薪好像不夠慘似的，嘴一滑說成了失業。

阿姨有點吃驚，沉默了好一些時間才開口：那這次只收你五十塊錢。

在鬢髮落下的幾個空檔，我偷偷用餘光瞥瞥理髮店阿姨，臉上的白色粉末經過一日折騰都浮了起來，她也只是低著眉，迅速地把這顆減價三十元的頭剪完，一臉平靜，好像什麼都不曾發生，彷彿專心剪去的不是我的髮絲，而是我一些小小的壞壞的念頭，只是落髮片片聽起來莫名沉重，像一次又一次的巨響，啪啪啪地打在塑膠巾上。十分鐘後我遞出百元鈔，她找我五十元，關上玻璃門時，都不敢再回頭看她。

但我回家時也只還了二十元給母親，理由是：剪頭髮漲價了。

然而後來，理髮阿姨就開始收我八十元了，也不敢再跟她提起，我就是那個已經失業的父親的孩子。

有一些時候吃花生會感到奇怪，外殼明明看起來有三個果仁的，壓碎剝開，只有兩個果仁，空著的那格，好像是神明忘記放進去了。然後過一陣子又會發現某個花生殼裡明明只有一個凹槽，卻塞了兩個花生仁。

我會把多的那個果仁放進缺少的殼裡，以為那叫公平。

還有一回，一年級班導師撿到一本紅皮的字典，問是誰掉的，卻不料一個同學與我同時舉手「承認」。導師要同學與我下課到辦公室來，問我們，那本字典裡有什麼特徵？同學瞬間回答，在封面內裡貼了貼紙，而我沉默不語。那天老師把字典還給了該同學，把聯絡簿給我，寫了一些紅字。回家給母親看，本以為她會怒目相對，但意外的也沒什麼反應，只是在聯絡簿裡也寫一些字、簽名，把聯絡簿還給我。

好像是知道我會看她寫的內容吧，發現裡頭只是寫了「會叮嚀兒子，謝謝老師」

一句，心裡是有些惴惴不安。再過兩天我就有了一本自己的字典，把字典從紙匣裡抽出時，一陣紙漿氣味竄起，摸著裁切整齊的紙緣，突然理解同學為什麼在封面內裡貼貼紙，我也貼了一張自己最喜歡的。

很多年後我問母親記不記得此事，母親說：不記得了。她佯裝生氣起來，再問一句：我有教過你這些說謊的事嗎？

我說，大概沒有吧。

母親呵呵笑了，低眉，繼續看著發光的手機，播放很荒謬的連續劇。

夾娃娃

小時候第一家認識的玩具店，改頭換面，成了簇新光亮的夾娃娃店。

其實不是玩具店，只是不清楚那名為某某書局的地方，到底是為了吸引學生光顧才將玩具陳設其中，還是以此取名蒙騙家長老師，組構一組孩子才懂的暗語。本該擺上書籍文具的玻璃櫥櫃都塞滿了玩具、遊戲片、動漫、文具般的玩具，以及運動員金卡和明星護貝照。那裡是找不到太多書的，但每個孩子都可以指認一格四方，安放自己的夢。

小學放學後，同學Y說是要去買遊戲片，拉著沒有遊戲主機的我到書局。推開玻璃門，門上掛著的玩偶公仔全都搖晃著，像是一群平日沒有面孔的居民全都活了起來。

老闆，我想看看遊戲。

Y的暗語聽著也未免過分直白，毫不設防的萬一有個誰是智財局或正版遊戲廠商的員工就在裡頭晃蕩。櫃檯那頭拿出兩疊厚厚的光碟收納盒，一打開都是盜拷的遊戲片。他一邊翻著，一邊對我說著哪片好玩，哪片想買。憑藉小學生他那普普通通的語言說明能力，加上浮誇的表情語氣，卻也能讓我就真的像是玩到遊戲一般，一切遊戲過程都在腦海裡儲存和載入。後來即便Y沒來的日子，我也會自己推開玻璃門，讓一群小小居民搖晃起來，有模有樣地跟老闆說：想看看遊戲。打開收納包，用眼睛讀取光碟：那些手指放火地在腦海裡燒成一片火海、熟記一時的跳舞機腳步、以為總能逆轉女主角的死亡結局但至終無功而返。防塵上貼著五十或一百，多想掏掏口袋用零用錢買下來。

同學，到底要不要買？

我尷尬地搖搖頭，轉身逃走。玻璃門上掛著的玩偶又是一陣搖晃，每個玩偶都笑得看不清楚嘴巴，然後靜止。

書局也常在騎樓擺上各種機臺，那稱之為選物販賣機的機臺總是會被放置在不起眼的角落，發出不合時宜的霓虹和音效，喧囂得像網頁側欄的廣告。雖然不及書局設置的公用四驅車跑道那樣受玩家簇擁，不過總還是會有人在需要的時候，默默靠近，投幣，以更大的噪音和閃光作為回饋，陪機臺前的人玩一場低概率的遊戲。對學生來說，比起念書，考試，交友，沒有什麼比夾娃娃更低成本的投資了。

四方形的壓克力帷幕像一個水族缸，裡頭囚禁的事物，看上去很美。學生們操縱爪子，向下探取，試著攫獲什麼。

Y的女朋友懷孕了。

聽到這件事情已經是國中基測前的時候，補習班裡總是不明所以地流傳著鄰近各校的八卦傳聞，越靠近大考，流言越是像事實的光暈，覆蓋所有可信不可信的證詞，變成一片難辨虛實的光線。原本只是聽說Y和同班的女生過從甚密，一週後就聽到他倆交往的事情，儘管校與校之間的蜚語何其多，但他的消息總會從群聚的小圈圈裡冒出頭來。後來的幾個月之間，其他不重要的訊息就像垃圾和砂石一般，在退潮時被捲入海底，Y與女友的消息總是像置頂貼文一般被大家第一個拿出來討論：帶回家了啊，上床了啦。這樣於己無涉的話總是說得最輕鬆。

自從小學畢業後，我與Y分別就讀不同的國中，已經一段時間沒有任何聯絡。聽到Y的消息時，總是會想起，每次週三下午半天的課後去他家，無人的客廳因為我與他的填充，頓時光亮起來，把書局買來的盜拷光碟放進遊戲主機裡的當下，機體讀取資料發出茲茲嗟嗟的聲響時，我與他對望著，那莫名安靜的時刻總是令我驚惶又期待什麼。接著，原本黑著螢幕的電視突然唰地發出光線，音聲震震，把我們拉回遊戲的玻璃水族箱裡。

如果那一個片刻不被打斷，接下來會發生什麼事？

應該什麼都不會發生吧。

Y非常喜歡玩一款角色扮演遊戲，一條極不重要的劇情支線，在某個遊樂場裡的遊戲機養一隻長了蝙蝠翅膀的貓，對蝙蝠貓（貓蝙蝠？）餵食橡果，讓牠長大，學會飛行，和別的蝙蝠貓交往，生下小小蝙蝠貓，組成一個貓家庭。遊戲的最後是所有成員接連從樹屋裡跑出來，熱鬧地把螢幕畫面塞滿。

他無數次都這樣掛滿笑容地轉頭，跟我說：好可愛。這種表情訊息純粹得無以復加，無一例外，就算是再討厭小孩的大人見了也要心軟。

一個電視遊戲裡的遊樂場，遊樂場裡的遊戲機，遊戲機裡的小遊戲。一個小方塊裡的小小方塊，層層疊疊裡發出瑩閃閃的光。

Y和我都是鑰匙兒童，都是得記得把鑰匙放在書包最前頭的夾層，在那個綁票勒贖事件頻傳的年代，放學回家時得左顧右盼，確認沒有被哪個陌生人跟蹤，小心翼翼買完飯之後就得趕快回家的孩子。理論上是這樣，但也因為這樣，我們比別的同學多出很多時間可以凝望，全然交付與天空、浮雲與太陽，或是混進漫畫店和超商，當然，還有在書局裡想像遊戲片裡的世界的長相。會這麼愛往外跑不僅只是外頭新鮮有趣，只是每每一個人打開家門，一個人吃保麗龍盒的酥炸排骨飯配電視，總想下意識打一通電話給Y，喂，去你家打電動好嗎？

我猜想Y在打開家門的那一瞬應該跟我的感受是一樣的，像是把自己關進了一個四方形的黑色箱子，只能自己拚命點亮。

好啊。Y總是敞開門廳，收留跟他一樣孤寂的我。

Y榮登話題排行榜幾個月後，劇情終於演變到這個地步：雙方父母都到學校來了，聽說女生的爸爸還氣沖沖地帶著超音波的照片來學校，簡直是要把男方所有人釘在牆上打。

「照片拍出來是畸形胎。」

「哪有，你聽誰說的？」

結果是隔壁班小老師去辦公室時不小心聽到，聽說的聽說的聽說，一則不斷被轉述的訊息。然而補習班的情報系統出現失準狀況是常見的，只是要在這些消息的幾個扭曲的副影之間疊合出訊息的本體：女生懷孕了，而且懷孕一段時間了，家長打算把小孩拿掉。但是Y和女朋友都沒有這樣的想法，反而為此都跟自己家裡抗爭了一陣子。家長沒辦法，只好到學校來，像是敵對兩國在第三方國家開會斡旋，未料最後卻直接在第三方開戰，雙方都指責學校教育的失職，說，老師怎沒有禁止學生談戀愛？怎麼沒有多舉辦課後輔導？將學生留校自習跟管教，由老師陪讀，這樣就不會多出來的時間讓他倆暗通款曲。

聽到這個消息的我第一個念頭不是大吃一驚，而是Y的遊戲主機和那些盜版光碟。那些多出來的時間應該都跟女友相處了，而遊戲機和光碟都被冷落，收在電視櫃暗暗的一角裡，住在遊戲裡的遊樂場裡的遊戲機臺裡的蝙蝠貓家族們，沒有通上電，沒有光，沒有活。

那只是一場盜版遊戲，每每結束遊戲，關上電源，啪一聲，切斷所有聯繫。我想，之於Y和女友的父母們，Y與女友每天載入存檔的情感，這才是一場盜版遊戲。

我從來沒見過那超音波照片，那女友，那升上國中之後，還是帶著鑰匙開關家門的Y。在這之後，他是如何把黑暗的客廳點亮的？

考後，流言蜚語和人都四散。我也不知道那傳聞中的嬰孩，是以何種狀態跟母親分離的，足月或尚未，而周遭是一片歡聲，還是一陣靜默。

書局改裝的前一週，從旁邊經過，玻璃門上還是掛滿了玩偶，但臉孔已經都不認得了。櫥窗裡擺滿公仔和時下流行的桌遊，門外是並列成城牆般的扭蛋機。後一週經過那裡，書局已經被搬空，換上白慘慘的日光燈，讓夾娃娃機發著各式各樣詭譎的光線和音聲：愛的寶貝，給你滿滿的愛！喔咿耶，喔喔，有夢想會明瞭，下一次會更好。一個又一個玻璃燈箱裡囚禁著眼睛車歪的娃娃，低階賭徒才會上當的福袋，以及怎麼夾也夾不起來的高級耳機或手機。是啊，下一次會更好吧，爪子一抓，一甩，願望會離現實的出口更近一點吧。

「保夾 420。」保證取物金額像是個宣告：你與夢的距離有四百二十元，就這麼近，也這麼遠。只是洞口像是屍體鋪疊起來的火山口，每個軟趴趴的玩偶都想爬出去，卻沒有一隻逃生成功。

Y會來玩嗎？如果他還需要一個發著光和聲音的燈箱，將自己關進去，他會玩哪個機臺呢？

總是想著，為何具體可見的事物若不是伸手不可得，就是被禁錮起來。有個夾子從天而降，假意替人取物，誆騙你：我的手爪太細，力氣太小，幫不了你拿到你想要的，我很抱歉。你什麼也沒拿到，它卻夾走口袋裡僅剩的一些事物。商品DM，交友軟體，愛情金句，那些散落一地的小小幸福，關在水族箱般的玻璃屋裡，總以為伸手可及。

現在想來，都是虛構。

馬桶

如果要跟正在學習中文的外國人解釋這兩個字是很困難的事情。即便不是外國人，也很難理解馬桶之所以為馬桶的原因吧。

聽母親說，我很小的時候很喜歡抱著一個大囍紅色的便桶走來走去。事事過問母親的我就連便溺也要徵詢她的意見，問到母親都覺得煩纏人，應付般點頭答應之後，我就急忙把便桶搬到她跟前，跟母親分享愉悅感般，當面脫下褲子解放。

那時倒是沒有「因為是最親密的人所以可以接受這樣最狎暱的行為」的想法，世界與我大概就是母親，與母親之外的人。理所當然地覺得，生活種種如同吃飯睡覺般都跟母親有關，那麼上廁所這件事情也不例外。

從便桶轉換到馬桶的日子，是就讀幼兒園後，母親把紅色小便桶收起來的時候。

可能是覺得幼兒園的老師應該教會我自己上廁所了，於是把便桶收了起來，不必事事過問母親了，尤其是上廁所一事若發生在用餐時間，即便搬出喜氣的大紅色便桶，也要倒盡所有人胃口。

不過，事情似乎沒有她想像的順利，上了幼兒園，我不僅不愛去廁所，更不願在外上廁所。每每八點被娃娃車接走，十二點送回，老師在樓下鐵門按著公寓對講機電鈴，一旁的我按捺不住地夾緊雙腳，像是跳著奇怪的毛毛蟲舞蹈般扭動。漫長的數秒過後電鈴終於接通，老師緊張地跟對講機另一端的母親說：「謝媽媽不好意思趕快開門，尿騷子想上廁所！」尿騷子三個字彷彿是老師與母親之間的暗語，鐵門瞬間應聲而開，但我既不敢驚動下腹存藏四個小時的液體，又怕晚了一刻水庫會自動洩洪，拔腿向上狂奔不忘優雅正姿，跑進廁所，卻還是堅持搬出了便桶。

一個夜裡，我腹疼難耐，忍了幾日的穢物在我體內抽乾成硬如結棍的燕麥纖維能量棒，卻不敢跟身旁熟睡的母親說想去那漆黑又潮濕的廁所，再忍一忍吧，忍到天明，一切就會豁然開朗了吧，卻不料我的腸子已經忍耐到極限，直接繳械在褲子裡。

大概是嗅覺異於常人的靈敏，瞬間清醒的母親，似乎早就心知肚明會發生諸類慘狀般，一臉厭倦，沉默無語，拉著我到浴室洗澡換褲。那天之後，像是被畫下一道禁令的線，我就不再跟父母同枕共寢了，也不再搬出那個紅色小便桶獻寶了。

雖然還是害怕，但還是得練習一個人關進那間陰暗濕潤的空間，把一些令人厭棄的東西放置在馬桶這個容器裡，隨水沖走。

馬桶這個不知其名何來的器具總讓我恐懼，一個看不見彼端的洞口，總不知道水沖下去之後會流落到何處，尤其馬桶總是以潔白無瑕的形象出現，更令人起疑其背後不單純的動機，難道稱之為馬桶是因為可以吃下一頭馬嗎？求學過程中，沒有一個國文歷史甚至是物理老師講過這件弔詭的稱呼，然而我們居然能忍受自己長期不知其所以然地活著。

小學時一個電視臺徵求靈異Ｖ８或照片製播深夜綜藝節目，一則觀眾投稿影像中，陰暗的馬桶坐墊上，居然出現一隻長滿疙瘩的手緩緩爬行著，嚇得我數日之內無法直視家中此尊御座，總要在燈火通明時才願意入內，就連洗澡時也得提防桶裡的連通道會冷不防伸出一隻巨蟒般怪獸將我吞吃進另一個次元內。但再怎麼忍耐，積累便意半個月後，終於無法自拔，勉勉強強選了一個例假日正當中的時間，家人都在外頭，廁所內的我褪去褲子，小心坐在馬桶上，一邊憂心驚懼，一邊替馬桶裡的怪獸煩惱著：若你不巧這時候前來覓食、散步、兜風，那我也無法起身鞠躬，只能坐著跟你說聲，抱歉了。

差不多的時間點上，歌手劉德華發專輯，ＭＶ裡的天王一邊抱著馬桶一邊唱：每個馬桶都是朋友，可以真心相守。但我那時不懂何以馬桶可以成為朋友，仍然害怕馬桶吃人，學校裡也總是明裡暗裡說服衛生股長別讓我掃廁所，並練就一身不用抹布沾水就把教室黑板擦得比新貨還乾淨的技術，只為了讓老師年年慰留我專責黑板區域，千萬別去走廊盡頭，與最令我恐懼的馬桶面面相覷。

升上國中，發現暗戀的女孩與同班同學交往了，一怒之下把寫了數月的交換日記從筆記本線捲扯掉。握著曖昧的字字句句怎麼想都覺得諷刺，是嘛？若我是最了解你的人，何以不是和你交往的那一個？自卑怨妒生憤恨，想替文字毀屍滅跡卻找不到恰當的地點，沒有碎紙機，不能隨意棄置在垃圾桶裡，否則母親如名偵探鐵定會徹夜拼湊紙片成為戀愛犯罪的證據。轉頭望向陽臺的金爐，想起自己三節燒金紙給神明，普渡燒紙錢給好兄弟，即便每每把紙張丟進金爐時都會偷渡默念幾句不能為人所知的心願給祂們，但是啊再怎麼交淺言深，也不能把曖昧的對話往金爐一丟，一燒，化作灰燼往天際去，神仙鬼怪又不是你的解憂雜貨店。

人間貪嗔痴，看在祂們眼裡會是煩心還是可笑的事？

我的腦筋動到了馬桶身上，想著這個什麼都吃的怪獸總也能把我的悲傷消化成碎屑。於是在一日放學傍晚時分，我將撕下的紙片對摺再對摺再對摺直至成為一個小團塊，以膠帶捆起，藏在乾淨的換洗衣物內，假意去洗澡。關進浴室兩坪不到的空間裡，我將紙團餵食馬桶，一拋，向它竊竊私語著：拜託了馬桶君，請把這一切帶進大海，沖走我的哀愁吧。祈禱般跪坐在浴室磁磚上，壓下水閥，看著那些曾經痴心絕對的都會變成順時鐘漩渦裡的一個垃圾，消失在底部孔洞。吃了這麼多人類的廢物，這次，馬桶依然轟隆一聲，排淨了那些人們再也不想看到的，祕密。

馬桶君恐怕才是最了解我的那一位，不過，我也沒跟它交往就是了。

對不起，我才是那個負心漢。

本以為我無疾而終的初戀終將成為殘渣消散得無影無蹤，不料當晚母親就敲敲我房門，對我說：不要在馬桶裡亂丟東西！遂把那紙團放在我的櫃子上。紙團看起來一點變化也沒有，倒是母親還把膠帶外本該沾附的水珠擦了乾淨，膠帶反光的外表之下包裝著仍可辨識的斑斑字跡，看上去莫名像個什麼行動藝術的產物。我不知道該稱之為馬桶君的反芻，還是馬桶君的背叛。

這世上有連馬桶都無法消化的東西，更何況是小肚小腸的人類。

小學的我未曾預料到，長大之後的自己會與馬桶建立起一個緊密的關係。我學會使用廁所浴室時關上門，與門外的家人分享的事情越少，就有越多的事情向馬桶吐露。馬桶知道我哪些日子加班特別疲勞所以吃了B群；明白我酬酢場合又被灌酒所以擁抱它如擁抱愛人邊哭邊吐邊傾訴；清楚我一個人偷偷去了自助百匯只因那囫圇吞吃的美味多半消化未完全，孤獨地漂浮在淒清的湖泊中；或許它還能從我找它的頻率，猜得到我今日的約會對象，究竟是十分重視，或根本敷衍了事的人。在我不知覺之中，潛意識下達指令給交感神經通知膀胱與消化道收縮，每每拿了鑰匙，甫走到門口，卻又驀然回首，奔進廁所與馬桶碰面。唯有沖水時馬桶那宏亮的一聲彷彿跟我說：別擔心，加油。馬桶通常也是青春期之後男孩子的密友，它將包藏發育祕密的衛生紙吞吃，分解，讓我得以將那不可告人的慾望放置在那狹仄的空間裡，再若無其事地走出廁所，衣冠楚楚地扮演，人，這空有虛名的角色。

長大後與伴侶同居，家事打掃落在比較愛乾淨的人的身上。每每刷洗馬桶總要發脾氣，怎麼這世界的生理男性（唉，包括我自己）彷彿都控制不好手中那一截軟肉，馬桶邊緣、坐墊都留下太多顯眼又刺鼻的證據。這時常會想起母親，想起家裡唯一的女性，父親、哥哥、我，永遠都無法體會母親如廁時諸多不便與憤慨。此刻我為了清除尿垢糞垢，放下方便的馬桶刷與彎嘴清潔劑，戴上手套，抄起菜瓜布，將手伸進那一池沒幾個人敢碰的馬桶水中，體會什麼叫做把屎把尿的瞬間，發現馬桶底部的孔洞並沒有像我小時候想像那般張開大嘴地吞吃，只懂得堅強地把每日人類的排遺撞擊成碎塊，倒是轉眼看見邊邊角角積累了許多汙垢從來就不曾被注意過。我一邊撫摸著馬桶，一邊哼著歌，原來天王歌手唱的都是真的，每一個馬桶都是英雄，人們看到的總是英雄光彩無瑕的一面，誰也不曾在乎它背負了多少人們不願背負的事物。

親愛的馬桶，我們親近你，並把這樣的親暱，輕視為理所當然的沉默。

聽母親說，她小時候還沒有馬桶，只有糞坑。緊鄰糞坑的豬寮綁了一隻猴子看顧，以免生人偷兒接近，抓走養肥的種豬。小偷是防住了，但不知道為什麼也防了主人，她每次從三合院要走去糞坑時，猴子彷彿不認得她般仍要尖叫起來，叫聲持續到她都已經掩上門，解放，猴子還是神經兮兮在外頭咿呀吶喊，叫個不停，這到底是警示？還是助陣？此般尖聲惹得她不得不生氣大喊：好啊啦，汝是欲乎全世界的人攏知影我咧放屎喔！尤其母親小時候還是蟯蟲流行的時代，吃了藥的隔天就會拉出好長好長的蟯蟲，她瞥一眼糞坑裡不堪入目的種種，恨不得趕緊揩了屁股，衝出去，把那隻大吼大叫的猴子狠狠掐死。

母親念起糞坑的閩南語：屎窟（sái-khut），聽起來淨像是psycho。

那個不小心大在褲子上的幼時的自己好像從來都沒離開，至今我還常常夢見自己在各種場合（搭車、領獎、告白）再也無法忍辱負重地放棄人生般放棄在褲子裡，當下，我的意識像是運轉太慢但知覺程式衝突仍要盡責地跳出錯誤視窗通知使用者：系統即將崩潰！趕快醒來！睜開眼默默感知，還好，沒有熱騰騰的東西，當我尚在慶幸這一切失控都只是夢境時，冷不防閃過心理學家那張看穿你如看穿你褲底般的臉。比起解釋夢裡的解禁源於我日常的壓抑，我寧願相信網路周公解夢大全說的：夢見大便滿地主富貴，要發大財了，最好還得沾來踏去，弄得一片糊塗。

結果我沒有解釋何以馬桶之所以稱為馬桶的淵源，但某天從三六五生日書上看到佛洛伊德與我同天生日，從這天起，屁股就彷彿有一種再也擦不乾淨的感覺。

很多年後大伯因病住進家中，大小便失禁的他讓我們一家子有很多時間與人類的排遺為伍，那些不再為了什麼文明而忍耐的大小便，日日在他床鋪上現蹤。嘗試耐心整理環境的我們學會的可能不是什麼愛與忍耐，而是，那就是生物本真的面貌。

清理這些排遺時我都暗自設想，倘若，很不幸地倘若，有一天臥病在床的是我的父母，我得面對他們已經對我遮掩了數十年的，分不清是性器或是排泄器官之處，我是否也能淡定揭開那布料遮掩底下，紊亂得完全無法辨識的一切。小時候我抱著大紅色便桶是一種親暱，那麼此刻呢？屆時他們會是感到抱歉，羞恥；抑或是我也會發起脾氣來，只因孩子呀，心中總是想著父母不該如此倒下如失去法力而墜世的神。

神在人間的床鋪上，也是會失禁的。

所以我得寫下提醒自己：若將來真有這一天，別忘記當年那個抱著紅色便桶的我。

此刻，在你眼前的父母，正抱著紅色便桶，任性地當最後一回，可愛的孩子。

少管閒事委員會

住過天母一陣，搬離前，房東阿姨做了一條麵包來餞別。八坪不到的空間裡她拉開落地窗，望著陽明山，說：你看，這裡是天龍國中的天龍國。十餘字就打趴眾多豪宅廣告文案，然而她居高臨下傲然淡定的口吻，就是住蛋黃的新貴們都要被比下去。

像我這樣不知道有錢人生活感的文字工作者，孜孜矻矻挖掘詞彙，堆疊出一座氣勢磅礴，尊爵不凡的文字豪宅，怎樣都不如她那樣對財富有真實體驗的人，一句望山看景的隨口閒聊。

受教了。

對房東阿姨沒有意見，其實就是生命中總會錯身幾次而不覺察的善良富太太。當我們在辦公室團購蜜餞零食時，她沒事揪團是去看房置產投資，市區的房子太小，買來置產用的，自己住郊區透天，最常跟我們說家裡裝了一座烤窯，那麵包啊就是窯烤出來的。雖不住附近，但只要房屋一有狀況都會請人來處理，平日沒事就傳傳香精按摩的療效文章，以及早安長輩圖來問候，就連此刻要退租還自製麵包來送房客，雖然麵包真的做得不怎樣就是了。想想也是證明了那到底是做興趣的，真要吃美味的主廚麵包，對她來說應該不是難事。

相對於她，那裡的大樓管理員才令人印象深刻。

有一陣子處於工作空窗期，剛辭職，下一份工作還未銜接上，每天早上十點我才扛起包包出門寫字，下午四點前回來，有時是十一點到三點不定，端看當天的狀態與咖啡店的安靜程度。週末則過中午出門，抓著繪本到圖書館說故事。

一日被早班的管理員伯伯（我們念，杯杯）叫住，本以為是有包裹或掛號信要拿，想不到管理員開口就說：你做什麼工作的？有沒有工作證給我看看？拿出舊時的公司名片和志工證搪塞他，他說：我還以為你是無業遊民呢。他呵呵笑著，補了一句：不過做出版的怎麼住得起這裡呢？

搬離之後，再也沒見過那樣的管理員了。現在新蓋設的大樓都是統一由物業管理公司託管，員工都是年輕的面孔，不會多問什麼，見到住戶時只會用十分之一的便利商店店員熱情令人沒有負擔地打招呼，然後繼續靜靜地把郵件待領的牌子掛在信箱上，想領時領，不想領當作沒看到，不讀不回的權力全交由住戶決定。他們用word替社區電子公告排版，於是總是在搭電梯時看見同時六七種字體出現在公告螢幕上：請A棟十七樓深夜時降低音量，讓社區居民都有個安靜舒適的居住環境，非常感謝，某某大樓管理委員會敬上。加上兩個鞠躬的貼圖在文末，彷彿深怕這樣的提醒冒犯住戶，只好先彎腰道歉。

在外租屋的日子多了，我們這一輩似乎都變成了少管閒事委員會的一員，到底不會在一處長居久安一輩子，於是很習慣空間裡有不斷重構的關係，室友不再是室友之後轉職變成臉友，偶爾滑滑手機如虛擬驛站，網上相逢無紙筆，憑君動態報平安。再也不用像上一代那樣被血親土親綁得喘不過氣，一件諸如去整骨或腸胃炎等小事就傳得人盡皆知。但也因此，我們彷彿沒有真的特別緊密相連的關係，就連伴侶夫妻心裡都要清清楚楚，你與我，兩個人的我們看起來是不可分割的連綿詞，但是其底層，你還是你，我還是我。

貴古賤今或貴今賤古都是一種比較級罷了，要嘛是時間的鄉愁，要嘛是進步史觀對過往的自動遮罩濾鏡。

搬到中部的高樓之後，有一天，夜鷹的聲音突然竄進我耳朵。晚上十點到深夜，夜鷹高亢叫著「追伊……追伊……」，彷彿生來就自帶節拍器，約莫十秒一次，規律地叫著，每一聲都像精巧可愛的剪刀，劃開重霧的都市，讓夜空透出一點星月的光，透出一點來自宇宙的訊息。我很喜歡這樣的叫聲，畢竟在汽機車與人聲之間，都市裡的牧民終於有了別的自然頻道可以接收。

本來不知道牠叫夜鷹，查了鳥類聲音資料庫才知道是臺灣夜鷹（**Caprimulgus affinis stictomus**），南亞夜鷹的一支，只有上半年的繁殖期間才會這樣夜夜啼叫。卻沒想到相關新聞稿寫著：因為都市化之故，夜鷹不得不在遍布臺灣的高樓上築巢，其叫聲擾人清夢，居民向大樓管委會反映未果，只得投書市民申訴管道，拜託他人解決這發出噪音的鄰居。

我們都不太清楚鄰居的長相，倒是很知道這大樓住了隻夜鷹，不知道哪一棟，哪一樓，哪一戶，築了建築法規之外的巢。

有一天出門時遇見隔壁的退休長輩，搭電梯時他開口問我：工作是做什麼的？收入多少？你房租多少錢？此刻的我已經有足夠的勇氣對他客客氣氣說出：不好意思，這是我個人的隱私。另一天出門時遇到對門幫忙照顧孫子的老夫妻，從電梯口尬笑直到一樓。其實怎麼樣都感覺得出來他們有話想說，在出電梯口脫口而出的卻只是：今天天氣很熱噢？

我彷彿很早就準備好承接話語似的，不慌不忙地說，對啊，請兩位做好防曬，補充水分，注意身體健康。

欲語還休，卻道天氣如何如何。那個當下，我其實有點想跟他們多聊聊關於自己或他們或他們孫子的事情，畢竟每每兒媳把孫子託來照顧時，他們總是會開著門，讓小孩從玄關爬出家門口，在樓層廊道與電梯前等公共區域爬行。我是否應該也要出去陪孩子說說故事，作為一種關係的開始，順便妥善利用那總是感官感覺不到卻反應在房價上的公設比。

八月底，夜鷹不太在夜半啼叫了。

牛蒡天婦羅

牛蒡天婦羅

久久一次返鄉，拐進菜市場，顧客和老闆都面生得很，彷彿唯獨我是故人。舊時炸物店鐵架上仍擺著天婦羅，但老闆已不是當年的那一個。

我獨嗜摻牛蒡片的天婦羅。幼時母親帶我去市場買菜，站在攤前把夾子塞給我選。難得一次選擇權，卻把黃澄澄一塊誤認為雞排，回家一咬就悲憤交織。但我執拗得很，不願認錯，嘴巴說好吃，沒人知曉我心底憋著牛蒡的苦。此後母親就只在這買牛蒡天婦羅了，完全是個苦澀的誤會。

多年來我還是吃牛蒡天婦羅，只是不知道是我變了？還是習慣了？現在反而會細細品嘗它油耗中帶點苦的矛盾滋味。在相見不相識的市場裡買兩塊回去，母親問，是牛蒡天婦羅呀？我說是。

「怎麼有小孩愛吃這東西呢？」這問題她想了二十年。

不過她還是認得出來，我還是當年的那個小孩。

美乃滋

在大碗中加入蛋黃、砂糖與檸檬汁，用調理機攪打成淡黃色乳液狀態時，慢慢加入植物油，蛋黃裡的卵磷脂會進行乳化作用，融合壁壘分明的油與水，使液態的油脂被分解成許多碎塊，被水和空氣包覆成積木般的小球，最後層層疊疊起來，變成一座鵝黃色的固體城堡。

是的，慢慢加進植物油的理由，為的就是讓油脂那太有張力的自我被澈底打碎，才能與其他事物融合，變成完全不一樣形體的事物。

使用美乃滋的場合，通常也沒把美乃滋當一回事，它是乳化作用製造出來的，為的是讓食物再次在口中感到被乳化。

沒有要隱喻什麼，只是對這類讓食材投胎轉世變成另一形體的食品科學，我常感到驚奇。

小時候有點害怕母親做涼拌竹筍。

其實是好吃的，只不過每次一做都是一大盤，下班後的母親趕忙將竹筍燙好放涼，得拿裝供品的直徑十二吋大圓盤來裝，把市售美乃滋自長條狀包裝的尾端剪開一個三角形，橫線直線擠上去，像一朵巨人國的向日葵。只是酷暑炎熱，不出幾分鐘時間，美乃滋就油水分離，跟竹筍滲出來的水混淆一氣，比起向日葵，更像加了太多水的水彩畫了一幅走山的山水畫，還好沒有加上彩色巧克力米，否則就更像颱風過境後的河川出海口。

哥哥吵起來，美乃滋怎麼都融化了？我看外面餐廳賣的都不會融，你一定是貪小便宜買廉價的美乃滋。

不想吃別吃，有錢的話自己去外面餐廳吃。母親反擊了。

他們一向是家中的熱炒派。

我與父親不說話，安靜地動著筷子，輕輕地咀嚼。三十多年來差不多都是這樣的。

看來要保持融合的狀態，低溫也是很重要的。

肥肉

至今我仍盡量避免看外景美食節目。

鏡頭拉縮，近拍，不知道為什麼食物會自己旋轉起來。在主持人把食物送進嘴裡，作個浮誇的表情之前，就可以轉臺了。

因為畫面是沒有味道的，失去嗅覺和味覺的傳遞，只能靠文字描述，讓觀眾彷彿吃到那道菜肴。但因為太害怕主持人詞窮，所以只好趕緊轉臺，否則聽到集大成般的套語，都讓我尷尬到總以為他們是否人手一本《套語大辭海》。

套語之中我最害怕入口即化四個字，描述冰淇淋入口即化，鮪魚生魚片入口即化，芋泥入口即化，烤布蕾入口即化，舒芙蕾入口即化，牛肉刺身入口即化，肥肉入口即化。什麼都可以，但我知道肥肉是不會入口即化的，至少要用雙唇或是上顎與舌，一抿，至多散成脂肪碎塊。動物身上的脂肪除了油脂，還有脂肪細胞跟結締組織，它們貼心地包覆住脂肪，因而不會因為溫度升高，固體的脂肪就融解成液體的油。雖然，很多人都很心懷「若是室溫升高一度，體脂肪就會融解百分之一」這種綺麗的幻想，但不會，也不行，否則溫室效應下每個人都要瘦出腹肌來，很快人類就要因為過瘦而滅絕。

一次從朋友那裡聽到一個詞可以取代入口即化。他吃一口知名腿庫飯的肥肉，一臉此味只應天上有的表情說：這個很 rich。

因為一週跑健身房五天，喝乳清蛋白，因此冰淇淋、酪梨、鮭魚、和牛、鹽酥雞，什麼對他而言都很 rich，買健身房會員也得很 rich，但他的身材看起來就很不 rich。

醫師說，人身上保持適當的體脂肪是好的，生物本來就有儲備能量的本能，當人生大病、發生意外，或是突然無法覓食的時候，脂肪就是最棒的存糧。只是現在此刻若走在大都市裡，不免都要懷疑自己是不是儲存太多能量，健身房一個個走出來的精實的人，彷彿都在告訴我：別擔心，這個社會的存糧足夠，倉儲物流系統完善，天氣再冷都有暖氣和名牌羽絨衣。像是外接硬碟一樣，他者就是你最棒的外接式脂肪。

那些不 rich 的，吃著很 rich 的東西；那些很 rich 的，都是被吃的一群。

或者可以把話反過來講。

那些很rich的，吃著不rich的東西；那些不rich的，都是被吃的一群。

白斬雞

看過市場賣的全雞，母親會指名說要哪一隻跑跳得較快的，雞販就會大手一撈，把雞從籠子裡抓出來後，自脖子上劃開一刀放血，丟進後頭像是洗衣機水槽的鋼盆裡高速旋轉、除去雞毛和剩餘的血水。

在地上淌流著的雞血，直入排水溝。天天流過血水的地板，雞販收攤後怎樣也刷洗不乾淨，變成一條人間可見的黃泉路。

不知道為什麼後來市場再也看不到這樣的景象，母親改買處理完成，一包一包像是保齡球大小般的灰白色全雞回家，丟進大鍋裡汆熟起鍋，拜拜後，再把雞放在木砧板上蹲著剁雞，第一刀，還是脖子。

看過貓攻擊獵物嗎，第一口，也是從脖子咬下去，放血完畢，生命結束，這不是個血條歸零的比喻。

拜拜後的白斬雞總是被塞在一個尺寸沒那麼剛好的圓盤之中，母親得把剁開的雞肉塊又組裝成一個幾何形狀，遠遠看活像個近年流行的解構什麼什麼的菜餚：解構檸檬塔、解構威靈頓牛排、解構翻轉鳳梨蛋糕。直到上桌吃飯，肉塊一塊塊夾下，冷不防就會看見一個小小的雞頭從中竄出。

漫畫裡畫死去的雞總是在眼睛上打個叉叉，我看著那白斬雞的雞頭也是閉上了眼睛，灰濛濛的樣子像是不知道為什麼來世界一遭，卻被打了個叉叉，莫名其妙地死去。

母親後來很少買全雞了，改買大賣場各種部位切塊包裝好的雞肉，現在，很多人是這樣的。

從刀刀見血到不忍卒睹，這是人類的慈悲往前踏進的，好小好小的一步。

牛肉麵

三十年前是平價牛排館的濫觴年代，常常聽同學考試後或是生日去牛排館慶祝。其實，說是吃牛排大半是噱頭，同學們的回憶，通常是在爭執要加酸甜的蘑菇醬好？還是香辣的黑胡椒醬好？煎蛋是要翻面讓鐵盤熨熟？還是呈現它半凝固的流體力學狀態？結果話題總是在蘸滿番茄醬的螺旋麵和無限量的廉價冰淇淋上達成共識。肉呢？後來好像都沒那麼重要，很像大家大院或宮廷劇的模組，主角只是拉了一條敘事線，旁邊那些花花綠綠的角色才值得讓人對號入座。

不過母親是不吃牛肉的，所以小時候的我多半只是聽同學聊天解饞。一天哥哥自己買了牛肉泡麵，打開偷偷煮卻被母親發現，正餐不吃吃什麼泡麵？收起來，不准吃。說真的滿屋子牛肉精黑胡椒香料味，要不被發現也是一件很困難的事情。

後來母親開始自己燉牛肉，胡蘿蔔，洋蔥，蔥薑蒜辣椒，牛腱肉，滷包，按照滷豬五花的方式處理食材，炒糖色，加調料燜煮，但最後總是由我來試味道。

那把味覺的尺在我手上，我的味蕾即是唯一的標準刻度。獨占這份信任的感覺比什麼都好，各種調料的生殺大權都在我手上：不要煮得像泡麵一般鹹辣，不要像巷口那家用小白菜掩蓋牛肉過少的事實，最討厭的牛番茄當然不能出現，私心多一點冰糖，多一點醬油膏，以為背後的母親不知道，其實都知道，只是輕描淡寫一句：你調味的你負責喔。

大概是吃牛肉的機會不多，小孩子又總吵著要吃牛肉，母親只好帶著我去買菜時就繞去市場附近的老店吃牛肉麵，牛肉燴飯。不吃牛肉的母親勉強點了排骨酥麵，總是吃兩口就說自己飽了，其實是聞到牛肉味道就想吐，順水推舟似地把剩下的都塞給我吃，她說，小孩子還在長，多吃一點。長大之後我很自然而然地也學起這句話，在大學課堂上出現各種食物也沒阻止過學生進食。

小孩子還在長嘛，吃吧。彷彿我的心也長出餵養他人的一畝田地。

要說臺灣人怎麼這麼多人不吃牛肉，原因很多，聽過發願的，發誓的，也有絕大部分是像母親那樣從小務農，說自己跟牛有了感情。想想也是，在母親面前說牛肉麵真好吃，或是中學時請她幫忙買牛肉燴飯給正在備考的我當午餐，那是很失德的事情，彷彿在貓奴如我面前吃貓肉，買貓肉燴飯那樣。

無意談論何以貓狗是寵物而豬牛是食物，上一回去大型連鎖牛排館已經不點特牛了，牛肉依然只是拉出一條敘事的虛線，餐桌上的我們總是埋怨那沙拉吧，B級食品擺得再多，亂花漸欲迷人眼罷了。最高興的是好不容易聚攏一家人的母親，自己吃著生菜沙拉、毛豆、酥皮濃湯，呼吸帶著牛肉味道的空氣，靜靜坐在那裡，感知自己忍耐這麼多年，終於沒有吐意。

野菜天婦羅

其實應該叫做「雜菜糋」（tsa̍p-tshài-tsìnn）。

大學時，與當時祕密交往的對象吃平價臺日式料理，點了野菜天婦羅丼，送上來的是兩大塊炸物蓋在白飯上，淋上日式醬汁。炸物的組構成分是高麗菜、洋蔥、牛蒡、胡蘿蔔，全部切成絲，蘸滿麵衣之後，固定在圓餅狀的漏勺上下鍋炸。油香、菜香、飯香、醬香，普通學生吃得起的名貴佳肴，當時心願是日日都吃他一碗就是奢靡的實踐。

我總是記得那段被摩托車載送的過程，多雨的城，在他身後，有著輕輕的身體接觸。他說，這家是我平常下課時來吃的。

想自己複製這樣的味道，於是切起蔬菜絲並將之裹上麵糊。母親見著問，是要做雜菜糋嗎？

那是她小時候處理剩食的方法，邊邊角角什麼拿來一炸都好吃，為什麼現在小孩知道這種節儉的產物啊？聽聞此消息，我慌忙應付過去，是啦是啦，反正就是在外面吃到的。炸完之後，咬著盤中成團的炸物，恍然發現自己一點也不認識這個食物，有一種抱錯小孩的錯覺。

後來終於分清楚野菜天婦羅與炸蔬菜的差別，一個一個在器皿上擺好姿勢華麗登場的是野菜天婦羅，這是高級料理；將棄物拾掇，整理成形的是雜菜糒，炸雜菜，烏龍麵店排隊自己夾的那種，勉強捏出個樣子的泡在柴魚昆布湯裡就癱軟不成形，很像平凡人的下班後。現在，我還是偏好這種平凡的味道。

母親至今還是不知道為什麼我突然做起雜菜糒。

算了，不了解的事情越多，才越像是一家人。

味噌湯豆腐

我不喜歡在外頭的餐廳點湯來喝，不是不愛，而是挑剔，挑剔是深愛的負片。

尤其是味噌湯。

生活中各種用餐場所裡味噌湯的版面太多，多到覺得簡直自貶身價似的僅僅比自取的古早味紅茶高了一階級，就像報紙副刊邊欄一隅的心情投稿，明明知道對方用心說著生命中很重要的小事，但對讀者來說怎麼常是可有可無的東西。有時生命如味噌，味噌如生命，久煮鹹澀得難以下嚥；有時也不明白究竟為何湯裡擱滿柴魚片，一鍋歲月喝得滿口渣還不知往哪裡吐。

一次日本關西旅行逢雨，淋得一身濕，餐廳店員好貼心，還未點餐就送來熱騰騰味噌湯暖暖客人身子，一喝卻是撒了海帶芽跟乾燥豆皮的重鹹赤味噌，找不到一丁點白色的豆腐碎屑。用完定食後，我就直接把碗蓋闔上，整個旅途卻在擔憂自己這樣的行徑會不會讓店員感到失落，明明是很體貼的舉動，客人卻不領情似的。

我要的不在碗內，他給的不被接受，殘念的樣貌，在碗裡沉澱成一朵高積雲。

母親的餐桌一定有湯，菜頭排骨湯，刺瓜貢丸湯，冬瓜蛤蜊湯，材料比水還多，小火燉成一鍋濃縮精華液，總是得提著單邊鍋耳斜著鍋身才舀得到湯水，彷彿水只是融合食材的介質，一座科學實驗的鹽橋，讓瓜裡有肉鮮，肉裡有瓜甜，一口就是一個味覺的宇宙。慈母多敗兒，其實是在說一組不分性別性向的關係，在生活裡彼此默默縱容養大的巨獸，以致我喝外頭飯廳餐館附湯時總是疑惑，咦，這是湯嗎？手執大杓下鍋撈得一匙清淺，不死心，再度探底巧勁一舀，得到紫菜蛋花如裁縫不要的兩小塊碎布，湯水喝起來無疑是反覆沖泡的茶梗茶。

母親煮味噌湯也是差不多的原理，但概念卻完全相反。不用太過柔弱的嫩豆腐，堅持用菜市場買來的板豆腐，還要獨排眾議地切成三公分大型立方體，在勻化了白味噌的沸水裡燉煮到側邊膨脹，碎裂。最後擺進陶碗撒上蔥花，簡直另一道堪稱臺版湯豆腐之名的菜餚。板豆腐用筷子一夾，便可見裡頭因為長時間受熱而產生的蜂巢狀氣孔，味噌厚重鹹甘的蔭豆味就在孔隙之間流竄。每每喝母親煮的味噌湯，不是喝，是吃，是在吃濃厚中的平淡。像是一連串的工事繁忙之後，終於盼到的小週末，一個人的夜晚。

或是忙碌大半輩子的母親終於盼得這天：不用工作，不用煩惱婆家和小孩了，凡事都不歸她管了，從無邊無際鹹澀的大海中終於游上一塊淨白柔軟的島嶼喘息。在三十多年婚姻之中拋下所有掛念，丈夫兒子貓，不好意思麻煩了，請滾一邊去。跟姊妹在泡沫紅茶店聚頭，隨意吃去殼花生，豆干米血，喝很淡的茉莉香片。聊起幼時窮苦吃飯配鹹，現在吃菜配飯，滋味唾手可得的此刻，總是令她想起那些平淡無奇的味道。

母親每每慫恿我，要我跟她們去泡沫紅茶店聚餐，說那裡點一杯飲料可以坐一下午，很安靜啦，你就去那裡寫字吧。我心底總是要笑，聽過深宮裡養出來的作者、風月場所養出來的作者、咖啡館養出來的作者、農地裡養出來的作者，沒聽過泡沫紅茶店養出來的作者。決心一探走進店裡可沒母親說的清境嫻雅，空間被長輩顧客們的嬉笑談話聲塞滿。仔細一聽，母親與姊妹們說的都是那些接連重音之後的休止符：病癒後的休養、債與債之間的喘息、結束數十年的婚姻，當我努力找題材書寫時，未料這些人生鹹苦卻在她們嘴裡也僅只是自娛娛人的話頭。

我是沒什麼滋味的豆腐，以為在湯裡泡久了，也會有個什麼時間的鹹味。

若說寫這篇文章只是為了回憶母親用味噌調味的豆腐湯如何美味得令人懷念，細想來我也沒有總是這麼溫情可人。擅寫家庭的人，多半是最冷眼無情的，站在外頭凝視的那一個。坐在書桌前的此刻當下我已數月不曾回老家探望母親，上回與她聯繫，是她提醒我若是要回老家記得事先說，最近她去做社區免費健檢，數值出了一些問題，得去醫院做腸鏡細細盤查，因此需吃幾日低渣飲食，沒辦法替難得返家的我煮飯了。

我問，那吃稀飯或豆腐可以嗎？

好像可以吧，我也不知道。

幾日內我丟了句訊息探問狀況還好嗎？沒回音。憂慮兩三天後母親才回覆我：什麼事情都沒有啦。原來是住在醫院裡也不懂怎麼用醫院的wifi，一出家門就自動變成斷訊的衛星，知道她在，不知道在哪裡飄浮。

看母親那口氣，好像真有什麼事情也沒什麼大不了的。

自己工作賺錢之後，開始喜歡喝用紅白蘿蔔片、牛蒡絲、高麗菜屑炒五花肉片，再以味噌調味的「豚汁」，或有直譯「豬肉味噌湯」，那是在日本旅行時常喝到的味道，在電鐵橋下涵洞一家定食店，或是小學校轉角一家家庭食堂都會喝到的日常湯品，特別喜歡鹹澀味噌裡跳出來的淡淡蔬菜豬肉的原味。在家中我常是煮一鍋豚汁，一碗白飯，幾片泡菜，就解決寫作到一半，在下午兩點急須味覺填充的時刻。

那湯裡沒有豆腐。

但我總是在咀嚼鹹厚湯水裡的佐料時，想起母親的味噌湯裡的豆腐，所有濃重的滋味都在襯托那口清淡。

這是這幾年才嘗得出來的味道。

〔後記〕

時光月臺

寫作時，我常想起日本怪談中〈無耳芳一〉的故事：

盲眼的芳一精通音律，擅長琵琶演奏，也因為如此才華，受赤間關阿彌陀寺的住持照顧，經常受邀住在寺中彈唱。一夜，芳一在簷廊下乘涼，忽而一股粗獷的武士口吻，命令式地邀請芳一至他處演奏。芳一應允前往，並替武家主君彈奏源平合戰中壇浦之役的橋段，至激烈處，聞者聲淚俱下，主君還邀請芳一一連數夜至此地獻藝。

僧人見芳一夜夜獨自出門，覺得行蹤有異，派人尾隨芳一，發現芳一夜行至墓地，對著漫天鬼火彈奏。眾人急忙制止，芳一反而更起勁地彈起琵琶，唱著悲壯的橋段，甚至在段落間斥責眾人：「打斷如此莊嚴的演奏，令人難以容忍！」

眾人見狀不禁發噱，只好抬起芳一的手腳，強行將他拖回寺中。聽聞事件經過，平日溫和的住持也不禁念了芳一幾句，還預料到這些戰亡怨靈會再來寺中請芳一彈唱，就在芳一身上寫滿經文護身。奉命前來的怨靈見不到芳一，卻只看到忘寫經文的耳朵，為了覆命，強將芳一的耳朵扯下，逕自離開。儘管芳一失去耳朵，卻沒失去聽覺，靠著音韻天賦，許多貴族紛至寺中，專程聽芳一演奏，並予以厚賞。

人在說故事時，是否總讓得與失維持固定數值，在加減之中平衡？失去視力，得到才華；失去耳朵，返還性命。預設宇宙運行總是公平，好讓情節償還生命中計數不清的正負值。故事讓我想起的不是完滿的結局，而是盲眼的芳一被鬼火牽引，走到墓地，以為坐在瓊樓玉宇中，執起樂器，對著看不見的聽眾，說著他們的故事。即使被視為可笑的行為，在芳一心裡卻是再莊嚴不過的，封閉的空間，像是時間的月臺，彼時被載運到此刻來，只有盲眼的芳一看見，能為這些怨靈彈唱，送行。

至九州旅行，到赤間神宮看芳一堂與平家七盛塚，芳一雕像神情肅穆溫和，閉著眼睛，專心諦聽時間的聲音。行程倒數幾日搭地鐵，從售票螢幕上看到「入場券」選項，不精確地翻譯也能說成月臺票。但倒不是為了讓人在月臺送別，而是車站廣大，底下街路線交纏如迷宮，旅客自前站到後站，東口到西口，買張票就能省去繞路時間。現下臺灣仍有幾處販賣月臺票，用途和入場券無異，送行者另可換取月臺證，只是使用率不高罷了。

通訊設備便利的此時此刻，人與人似乎時刻依偎，但總覺得被拉得很遠，很遠。

上一回買月臺票已經是十餘年前。

那年為了見戀人一面，課後搭上火車，搖搖晃晃，至陌生的他鄉雨夜，隔著車窗玻璃看見戀人守在月臺上，一出車門扭捏作態走到戀人身邊，開口第一句說的不是想念，而是：「你怎麼進站了？」

戀人以為我問的是他進站的原因，回應我一些情話。但我問的，是他如何進站？這天，月臺票這張小紙片自記憶中點亮一盞燈。此後我與戀人總是在月臺聚散，返回臺北前，儀式般地在自動售票機按下月臺票的發光按鍵，六元，使一點小錢，貪心地把纏綿拉長一點。但纏綿拉長了拉久了也會變質，彈性疲乏，禁不起其他物質衝撞，斷裂後回彈打在自己身上，覺知疼痛，覺知事物的遺失。

有些故事像地層陷落，掉進勘測不到的深度，但我總相信那一段沒參與到的敘事仍會依循公平的原則運作，有嶄新的章節。

分手後我不再搭火車，智慧型手機出現，也不必守在電腦前等訊息的時代，人與人送別的截點從月臺退到剪票口，過閘口後轉頭揮手再見，便轉身各走各的路。

對失去保持一段安全距離，不必慎重其事地告別。常聽聞身邊友人寫電子郵件提離職，傳訊息跟雙親坦言自己搬出去住了，或也遇過用網路動態貼照片卻是談分手，此類，創建新的人生如創建新帳號，下回再見，對方已經不知投胎轉世幾回，慣常的事情。

售票機上的某個角落被澈底遺忘了，成為不再發光的按鈕。不再發光的東西很多：手寫信、電話答錄機、幻燈片、夾在筆記本裡的拍貼、承諾。月臺票自現實退場，但我發覺自己持有看不見的月臺票，允准自己站在時間的墓地，閉著眼睛仍看見記憶明滅的顏色。

關於月臺票，總讓我想起另外一個時間軸裡，十多年前的某一天。

哥哥入伍首日，區公所在車站集合役男。清晨六點，我就被母親自床鋪中鏟起，要送一送即將服役的哥哥。正處叛逆期的我們，對父母，對彼此，無話可說，若真要開口，只有齟齬。父親一早因為工班出門不能同行，母子三人尷尬坐在捷運L形座位上，我一路碎嘴說著只是去當兵又不是打仗，哥哥拋下一句不想來別來，夾著母親在中間難堪，陪笑。直到集合點，公所人員發下電話卡，役男背起行囊起身，隨引路者離開之際，平日熙攘的車站忽然靜音，影格被切分成極繁多的幀數，畫面緩動中看得見哥哥、母親與我各自的表情、收束得極好的眼淚。父親電話遲來，哥哥已經搭上火車，人群又如流光流動起來，我與母親捏緊月臺票，愣著，不知下一步去向。

多年後的此刻，父母親退休，哥哥的工作穩定下來，我也不諱言自己的感情和生活，家中緊張氣氛趨緩。全家在當年送行的月臺樓上餐廳吃飯，舉箸拿匙替彼此夾菜分羹，在別人眼中只是一般家庭聚餐，在我眼中卻恍如隔世，總會想起時間裡的這四人曾經是如何將關係二字破罐破摔，又重新黏合的。

每每進入時間的月臺，一再溫習人如何被時間賦予，也被時間剝奪。褪下角色的戲服，父母、哥哥、我與（前）戀人皆赤裸如嬰孩，弱點暴露無遺。怨靈武士褪下鎧甲，也是會替自己的生平落淚的平凡人。

這是我總想起芳一的故事的原因。

多年後我又遇見舊日戀人，在咖啡店裡敘舊，席間對方手機幾度響起通知，傾身探看，是舊情人的新情人，他倒也坦然說著在我們分開成他與我之後的故事，好像一則與己無干，遙遠的事：現在要有一段新的緣分很容易，只要在手機螢幕中看見互有好感的人，向右滑動螢幕，時間軸就會並行，人與人搭上同一班車前進。若否，在螢幕上反向滑動，人與人便錯開，各自天涯。

走向捷運站的路程中，我問起他記不記得以前買月臺票的事情，他說記得。進站後，他在閘口外對我揮手，隨後各自轉身，隱沒在時間之海，此後再無音訊，從我所聽聞的世界裡死去。

我與他，應該是在自己的故事裡，變身成為不一樣的人了。

我突然理解，住持在替芳一身上畫上經文時，獨漏耳朵是有意為之的，故意讓怨靈扯去耳朵，使失去的疼痛銘以為記。

而劫後餘生的人，知道被遺忘的售票鈕在何處，取得時間的月臺票，走進彼時此刻交錯的文本中，替時光裡的人送行。並提醒自己：記得自月臺返還現實，成為說故事的人。

九　歌　文　庫　1345

我媽媽做小姐的時陣是文藝少女

國家圖書館出版品預行編目（CIP）資料

我媽媽做小姐的時陣是文藝少女 / 謝凱特 著. -- 初版.
-- 臺北市 : 九歌出版社有限公司, 2021.01
面 ; 14.8 × 21 公分. -- (九歌文庫 ; 1345)
ISBN 978-986-450-321-6 (平裝)
863.55　　109019595

作　　者——謝凱特
責任編輯——張晶惠
創 辦 人——蔡文甫
發 行 人——蔡澤玉
出　　版——九歌出版社有限公司
臺北市 105 八德路 3 段 12 巷 57 弄 40 號
電話／02-25776564・傳真／02-25789205
郵政劃撥／0112295-1

九歌文學網　www.chiuko.com.tw

印　　刷——晨捷印製股份有限公司
法律顧問——龍躍天律師・蕭雄淋律師・董安丹律師
初　　版——2021 年 1 月
初版 2 印——2021 年 2 月
定　　價——280 元
書　　號——F1345
I S B N——978-986-450-321-6